Royal Kiss Label
DX

伯爵令嬢は英雄侯爵に娶られる
～溺愛される闇の檻の乙女～

蒼磨　奏

この物語はフィクションであり、実在の人物・団体・事件等とは、いっさい関係ありません。

伯爵令嬢は
英雄侯爵に娶られる
～溺愛される
闇の檻の乙女～
蒼磨 奏
小路龍流

プロローグ

情けを知らない雨が激しく降っていた。

ヴィオレッタは意識を取り戻し、重たい瞼を開ける。

どうやら、彼女は地面に転がっているらしい。歪んだ視界に飛びこんできたのは、闇に染まった空だった。そこを眩《まばゆ》い雷の光線が駆け抜けていく。

縦横無尽に空をかけ回る雷光を見て、ヴィオレッタはまるで苦しみのたうち回る光の蛇のようだと思った。数秒おいて轟音《ごうおん》が響き渡る。それは、この世のものとは思えないほど恐ろしい音だった。

「あ……う……」

ヴィオレッタは恐怖のあまり小刻みに震える。冷たい、と感じた。地面も、身体も、全てが凍えそうなほど冷えきっていて、どうしても震えが止まらない。

地上に狙いを定めた雷が、ドーンッ！　と、ひときわ巨大な音を鳴らした。

もしかしたら、どこかに落ちたのかもしれない。

「……うっ……うう……」

ヴィオレッタは呻き声を上げながら指を動かし、身体を起こそうとするが、足に激痛が走って顔を歪めた。力を入れてみても、満足に動かない。

呻き声を上げている間にも、降り注ぐ雨粒が硬い石礫《いしつぶて》のようになって彼女の身体を叩き、ぬかるんだ地面に大小さまざまな水たまりを作っていく。

ヴィオレッタは足を引きずりながら地面を移動し、視線を巡らせた。

「お母様っ……お兄様っ……」

今は夜で、雷雨のため視界が悪い。そんな状況下で、ヴィオレッタは手探りで必死に母と兄を捜し続ける。

そして、ようやく指先が柔らかいものにぶつかった。

ヴィオレッタは這うようにして、その柔らかいものに縋りつく。しかし、すぐ異変に気づいた。

薄暗い中で顔を探り当てるが、雨と同じくらい冷たいのだ。

「……？」

周りが暗くて、よく見えない。雨音と雷鳴のせいで、他の音も拾えない。

ヴィオレッタが痛みを堪えながら、探り当てた相手を抱き起こそうとした時だった。

空に眩い光が散って周囲一帯を照らし出す。

そして、ヴィオレッタは何が起きたのかを理解した。

「あっ……」

御者が横転した馬車の下敷きになっており、近くには兄がうつ伏せで倒れている。どちらもピクリとも動かないから、生きているようには思えなかった。

再び、雷光が煌《きら》めいた。馬車の向こう側には、何か大きなものが滑り落ちてきた痕跡のある斜面が見える。

高台にある公爵家からの帰り道、山道が豪雨でぬかるみ、轍《わだち》に車輪を取られて馬車が横転したのだろう。そして、そのまま下の道まで斜面を滑り落ちた。

ヴィオレッタは腕の中に視線を落とし、青白い顔をして口から血を流している母の顔を見た。体温が感じられず、息をしていないのは明白だった。

「あぁ……あ……」

冷たくなった母を抱きしめると、ヴィオレッタは天に向かって慟哭《どうこく》した。

雷雨よ、早く鎮まって。お願いだから、この悪夢から目を醒《さ》まさせて。

ピカピカと空で光り続ける雷は、たった一人、生き残ってしまったヴィオレッタを断続的に照らし続ける。

「……こんなの、嘘よ……」

ヴィオレッタは瞼をきつく閉ざして、もう二度と動かなくなった兄と母の姿を視界から締め出した。

「いやっ……もう、見たくない……」

彼女の心は現実を受け止めきれず、壊れかけていた。

「見たくないっ……何も、見たく、ないのっ……！」

こんな残酷な光景を、私に見せないで。

心の底から絞り出した悲痛な声は、残酷な雨音にかき消されていき、やがてヴィオレッタも意識を失っていた。


いつ、どうやって救出されたのか、ヴィオレッタは覚えていない。

彼女は全身打撲に足の骨折、身体を冷やしたために高熱も出しており、救出されたあともしばらく意識が朦朧《もうろう》としていた。

夢現《ゆめうつつ》の状態で苦しむヴィオレッタの耳に届いてきたのは、妹のマルグリットの金切り声だった。

「お兄様とお母様が死んでしまったのは、お姉様のせいよっ！」

「やめなさい、マルグリット。あれは事故だったんだ」

「あんな雨の夜に、帰りたいと言ったのはお姉様だったんでしょう⁉」

熱に浮かされたヴィオレッタは目を閉じたまま、父のトラモント伯爵に宥《なだ》められている妹の悲鳴を聞いていた。

やはり母と兄は亡くなってしまったのだ。そして、ヴィオレッタだけが生き残った。

ヴィオレッタは瞼を持ち上げようとするが、どうしても目が開けられない。涙が涸《か》れるほど泣いたために、その涙が乾いて上下の睫毛がくっついてしまっているのだ。

「二人が死んでしまったのは、お姉様のせいだわ！」

マルグリットの言う通りだった。ヴィオレッタが屋敷に帰りたいと言わなければ、こんなことにはならなかった。

閉じた瞼の縁から、涸れたはずの涙が一筋、流れ落ちていった。今にも押し潰されてしまいそうな自責の念に苛《さいな》まれる。

母と兄が命を失ったのに、どうして私だけが、生き残ってしまったの？

「ああ……ああ……」

雨の中で叫びすぎて、とっくに喉は潰れていたが、ヴィオレッタは掠れた声を零して泣きながら、心の中で母と兄に謝り続けた。

ごめんなさい。私のせいで、二人を死に追いやってしまった。本当にごめんなさい。

どれほど悔いて、謝ったところで、死んだ人間は戻ってこない。頭では分かっているのに、どうしたって泣くことをやめられなかった。

「ヴィオレッタ！　意識が戻ったのか！」

父の駆け寄ってくる足音がしたが、感情の昂ぶりと全身の痛みにより、ヴィオレッタは再び気を失っていた。

瞼の裏には、亡骸《なきがら》となった母と兄の姿が焼きついていた。

あんな悲しい光景は、もう二度と見たくはないと、ヴィオレッタは心から思った。

そして、次にヴィオレッタが目を覚ました時、彼女の視界は闇に包まれていた。

最愛の家族を失った後悔と罪悪感により、心身ともに深い傷を負ったヴィオレッタの瞳は、世界を照らす光を失っていたのである。

第一章　物好きな求婚相手

戦場には地を揺るがすような大砲の爆音が響き渡っていた。

あちこちから硝煙の匂いが立ちこめていて、地面には敵も味方も関係なく死屍累々《ししるいるい》と兵士たちが倒れている。

昨日まで隣に立って笑っていた戦友が、物言わぬ屍《しかばね》となって地面に倒れているのを見つけるのは、戦場では日常茶飯事だった。既に息絶えた友を前にした時に味わう悲哀と虚しさは、言葉で形容しがたいものだ。

そんな想いを、今度は自分が戦友にさせるのかもしれない。ああ、くそったれが。

リヒター・ヘーゲンブルグは心の中で悪態をつきながら、敵国の陣地内にある古びた小屋で、鋭利な刃物をちらつかせて近づいてくる覆面の男を睨みつける。天井から吊るされた両手を動かそうと試みるが、じゃらじゃらと重たい鎖の音がするばかりだ。

覆面の男が刃物を振り下ろし、リヒターの身体を傷つけていく。胸や腹部に痛みが走ってもリヒターは顔色を変えず、一点を見つめて微動だにしなかった。

深手を負って死にかけていた部下の身代わりでリヒターは敵の捕虜となり、昼夜問わずに過酷な尋問を受けている。全身には鞭で打たれた痕があり、刃物の傷が走っていて、こけた頬には大きな裂傷があり、ぽたぽたと血が滴り落ちていた。

味方の作戦、兵士の数、兵糧の入手経路。何を問い詰められても、誇り高い軍人であるリヒターが口を割ることはない。苦痛に負けて味方を売るくらいなら、とことん苦痛を味わった末に口を噤《つぐ》んだまま死を選ぶ。彼はそういう男だった。

リヒターの強情さに覆面の男は手法を変えたらしく、今度は焼けた鉄の棒を持ってきた。次はそれを使って、彼をいたぶるつもりらしい。

リヒターは深呼吸をすると、心を閉ざして痛みを堪える準備をする。

こんなもの、どうということはない。たかが痛みならば、どれだけでも耐えられる。

覆面の男が血の滲《にじ》む真新しい傷を目がけて、灼熱の鉄の棒を掲げてきた。

刹那、リヒターの全身を、これまでとは比較にならない激痛が襲って――。

「っ、は……！」

唐突に眠りから目覚めたリヒターは、呼吸を荒くしながら天井を見上げていた。

そこは戦場ではなく、王都にあるヘーゲンブルグ侯爵邸だった。

「……ああ……まったく、忌々しい夢だ」

戦場での悪夢。あれから何年も経っているというのに、未だに夢に見るのだ。首や脇から汗が吹き出していて、寝巻きのシャツが濡れている。

リヒターは長い前髪をかき上げながら、身体に張りつくシャツを脱ぎ捨てた。露わになった上半身には、所狭しと深い裂傷の痕がある。戦地で拷問を受けた時の傷だ。

彼は枕元の水差しから、グラスに水を注いで一気に呷《あお》った。冷たい水が喉を伝い落ちる感覚が心地よくて、悪夢の余韻が消えていく。

「はぁ……」

このまま寝たら悪夢の続きを見そうだと判断したリヒターは、書斎に向かう。書斎の壁一面には本棚があり、様々な本が並べられていた。

リヒターはその中から適当な本を手に取り、書斎の椅子に腰を下ろして読書を始めた。

眠れぬ夜のお供は本だ。戦場を駆け回っていた頃には、本の良さなど理解できなかったが、今は違う。本は知識の宝庫で、ページを捲《めく》るごとに新たな発見がある。

リヒターは読書をしながら時間を潰し、朝方にほんの少し仮眠を取っただけで、その日の支度を始めた。

今日は、昔から世話になっているハイデン公爵家の夜会に招待されていた。

その夜会に出席するために、リヒターは自身が治める辺境の地ヘーゲンブルグから、わざわざ王都まで足を運んでいた。

日が暮れると、彼は馬車に乗ってハイデン公爵家に向かった。

公爵家の広いロータリーには馬車がたくさん停まっている。どうやら、既に多くの招待客が到着しているようだった。

「おお、リヒター。久しぶりではないか。よく来てくれたな」

恰幅のいいハイデン公爵が、わざわざ玄関先まで出迎えてくれた。

「お久しぶりです、ハイデン公爵。このたびはお招き頂き、ありがとうございます」

「こちらこそ、こうして君に会えて嬉しいよ。しばらく見ない間に、父君によく似てきたな」

亡き父がハイデン公爵と友人だったこともあり、リヒターは若い時分から公爵と懇意にさせてもらっていた。戦場から帰って来た時も、わざわざ公爵家に呼んで慰労のパーティーを開いてくれたのだ。

リヒターは親しげに肩を叩いてくる公爵に、広間まで案内された。

広間へ入った途端、周囲からの視線を感じた。

「あれはもしや、ヘーゲンブルグ侯爵ではありませんこと？」

「あら、本当だわ。まさか、ガルドの英雄にこんなところでお目にかかれるなんて」

「領地から滅多に出られないと聞いておりましたもの。夜会に出席されるなんて、珍しいわ」

あちこちから、ひそひそ声が聞こえてきて、リヒターは鼻梁に皺を寄せた。

このガルド王国は、数年前まで周辺諸国と戦争を行なっていた。今は平和協定が結ばれて戦争は終わっているが、当時は爵位を持った貴族の子息たちも軍人としての教育を受け、従軍していた。

ヘーゲンブルグ侯爵家の跡取りだったリヒターも軍学校を出ており、軍隊長として最前線で戦っていたのだ。そこで多くの勲功を挙げ、自らの身を犠牲にして部下を助けたという話も美談として伝えられたせいで、何故か〝ガルドの英雄〟という呼び方をされるようになった。

しかし、リヒターはその呼び名が好きではない。戦場では多くの人が死に、彼の戦友もたくさん戦死している。

周りが英雄と呼ぶのは勝手だが、彼は自分を英雄だと思ってはいないし、あの頃の記憶を胸に秘めたまま、今は静かに暮らしたいという思いが大きかった。

そういう理由もあって、リヒターが領地のヘーゲンブルグからほとんど出ないため、たまに王都へ呼ばれて夜会に出席すると、こうして注目の的になってしまう。

「お顔に傷があるという噂は、本当だったのですね」

どこからか、そんな声が聞こえてきて、リヒターはそちらに顔を向けた。若い令嬢と目が合ったが、慌てたように視線を逸《そ》らされる。

リヒターは銀髪に深紅《スカーレット》の瞳を持ち、彫りの深い精悍な顔立ちをした美丈夫だが、目つきは鷹のごとく鋭かった。相手をひと睨みしただけで、その場に縫いつけて動けなくさせてしまうような眼力がある。

だが、リヒターが人目を惹くのは容姿や眼力だけではなく、顔の傷も理由の一つだ。彼の頬には縦に一本、拷問の折に鋭利な刃物で斬られた傷痕が残っている。

今は前髪を長く伸ばして左頬を隠しているが、それでも興味本位な視線を感じる時は多々あり、リヒターは何度も不愉快な思いをしてきた。それでますます目つきが鋭くなっていき、眉間にも皺が寄って人相が悪くなってしまったから、知人以外は怯えて近づいてこないのだ。

気の弱い令嬢ならば、リヒターに睨まれただけでも怖がって、その場で泣き出すかもしれない。

「リヒター。今夜は楽しんでいってくれ。若いご令嬢も多いから、ダンスでも踊るといい」

ハイデン公爵は大らかに笑ってそう言い残し、他の招待客に挨拶をしに行く。

リヒターは一息ついて、シャンパンのグラスを手に取った。

今日の目的であるハイデン公爵への挨拶は終わり、これからどうするかと視線を巡らせていた彼は、ふと壁の一角で視線を止める。

一人の令嬢が、ひっそりと佇んで壁の花になっていた。

夜会に参加している若い令嬢たちは楽しげに談笑し、時には男性に誘われてダンスをしているというのに、彼女はそんな素振りもなく、壁に凭《もた》れて前を向いていた。

すると、近くにいた令嬢が、彼女のもとへ歩み寄って話しかけた。何げなく耳を澄ませたら、会話が聞こえてくる。

「貴女はトラモント伯爵家のご令嬢ですわよね」

今は亡きトラモント伯爵家の息子エドガーは、リヒターの戦友だった。そのトラモント伯爵家の令嬢となれば、エドガーの妹ということになる。

リヒターは手元のシャンパンを呷ると、空になったグラスをテーブルに置いて、彼女たちのほうへ近づいていった。

壁に凭れていた令嬢が小さくお辞儀をして、自己紹介する。

「ええ。トラモント伯爵家のヴィオレッタと申します」

「私はアルバト子爵家のナタリアです。先ほどからずっと、こんな壁際で何をしていらっしゃるの？　よければ、あちらで一緒にお話ししましょうよ」

「お誘いはありがたいのですが、私は結構です」

控えめに断る彼女――ヴィオレッタを、ナタリアはじろじろと眺め回してから意地悪そうな表情で言う。

「貴女がずっと一人でいらっしゃるから、こうしてお誘いしてあげたのに、まさか断られるなんて思いもしませんでしたわ」

「っ……誘ってくださり、ありがとうございます。ですが、私は……」

「もういいですわ。二度と声はおかけしませんから」

ナタリアがツンと顎を反らして、くすくすと笑いながら様子を見守っている他の令嬢たちのもとへ戻っていく。一部始終を見ていたリヒターは、なんて不躾《ぶしつけ》な娘たちだと顔を顰《ひそ》めた。

その時、ヴィオレッタがおそるおそる足を踏み出した。どうやら、ナタリアの後を追おうとしているようだが、さほど進まないうちにテーブルにぶつかって、派手に転んでしまう。

「あっ……！」

床に倒れたヴィオレッタが、困ったように周りを手で探っていた。その動きは明らかに不自然で、彼女の目線も落ち着きなくあちこち動いている。それを見ても近くにいる令嬢たちは手を貸そうとせず、顔を寄せ合って笑っていた。

リヒターは顔を険しくさせて歩調を速めた。周りにいる男性たちが見かねて助けに行こうとするのを視界の端で捉えたが、誰よりも先にヴィオレッタのもとに到着し、床を探っている華奢な手に触れた。ヴィオレッタの肩がびくりと震える。

リヒターは怖がらせないように、落ち着いた声で話しかけた。

「手を貸そう。立てるか？」

「っ……え、ええ」

顔を上げたヴィオレッタの瞳は大きくぱっちりとしており、緩くカールした睫毛に縁取られていて、突き抜けるような快晴の空を思わせる青色《シアン》だ。たまご型の滑らかな輪郭は女性らしく、印象的な瞳と整った顔立ちには楚々《そそ》とした美しさがあった。

アイスブルーのドレスもシンプルなデザインのもので、癖のない黒髪は緩く編まれて肩に垂らされており、花を象《かたど》った髪飾りが挿されていた。

リヒターはヴィオレッタが纏《まと》う清楚な雰囲気と繊細な顔立ちに目を奪われたが、彼女と視線が絡むことはなかった。

トラモント伯爵家の長女ヴィオレッタが事故で視力を失ったというのは、社交界の事情に疎《うと》いリヒターでさえも知っている。彼女の視線はリヒターの顔を通り越した先に向けられていた。

華奢な手を握ったまま立たせてやると、ヴィオレッタが頭を下げてくる。

「どなたか存じませんが、手を貸してくださり、ありがとうございます」

「ああ」

ヴィオレッタの手を引いて壁際に設置された椅子まで案内してやり、彼は先ほど声をかけた令嬢たちを睥睨《へいげい》した。冷たい眼差しを受けて、一部始終を見ていた令嬢たちが身を強張らせている。

「何か飲み物でも取ってこよう」

「いえ、お気遣いなく。喉も渇いておりませんし」

「そうか。……付き添いはいないのか？」

「お義母様《かあさま》と来たのですが、知り合いに挨拶をしてくると言って席を外しているだけなので、そろそろ戻ってくると思います」

お義母様というのは、トラモント伯爵の後妻のことだろう。

椅子に腰かけて、ほっと息をついているヴィオレッタを見下ろしながら、リヒターは口端を歪めた。

トラモント伯爵家——今から四年前、伯爵夫人と跡継ぎのエドガーが馬車の滑落事故で亡くなり、当時の新聞が連日のように《トラモント伯爵家の悲劇》《雨の夜の惨劇》などと書き殴って、人々の注目を集めていた一家だ。

事故に巻きこまれた娘のヴィオレッタは一人だけ生き残ったが、精神的なショックを受けたことで視力を失ってしまっていた。

トラモント伯爵と、末娘のマルグリットは夜会に参加していなかったために事故に巻きこまれはしなかったものの、妻と息子を失った伯爵の嘆きようは見ていられなかった。

かく言うリヒターもエドガーは戦友だったので、訃報を聞いた時は葬儀に駆けつけて、弔いの花を捧げたのだ。

エドガーは生前、可愛がっている二人の妹の話をよくしていた。そのうちの一人、ヴィオレッタは今、誰からもダンスに誘われずに、ひっそりと壁の花になっている。令嬢たちからは冷たい仕打ちを受けて、付き添いだという義理の母親も帰ってこない。

リヒターはヴィオレッタに声をかけようとしたが、結局、気の利いた言葉が何も出てこなかったので、「失礼」と告げて彼女のもとを去った。

離れた場所からヴィオレッタの姿を見守っていると、肩をトントンと叩かれる。

「えらく怖い顔をしているな、リヒター。お前が来ていると聞いて捜していたんだよ。誰を睨んでいるんだ？」

「クラウスか。久しぶりだな。相変わらず軽薄そうな見た目をしている」

「久しぶりに会った友人に、酷い言い草だな」

傍らで苦笑している金髪碧眼の優男の名は、クラウス・ライヒシュタット。王国内でも有数の資産家の息子で、エドガーと同様にかつての戦友だった。

クラウスがリヒターの視線の先を見て、わずかに顔を曇らせた。

「ヴィオレッタか。最近、よく夜会で見かける。リヒター、お前は彼女と面識が無かったよな」

「ああ。エドガーの葬儀の時も、彼女は部屋から出られない状態だったからな。先ほど転んでいるところを見かけて、手を貸した時に初めて話をした」

「転んでいた？　付き添いは……っと、そういえば、向こうでトラモント伯爵夫人が男爵夫人と談笑していたな。娘を放り出して、楽しくお喋《しゃべ》りってわけか」

ヴィオレッタは椅子に腰かけていて、ぴくりとも動かない。前をひたと見据える目線も動くことはなく、近くを通り過ぎる客人たちから声をかけられることもなかった。

そこに居るはずなのに、まるで存在しないもののように無視されている。

「いつも、こうなのか？」

リヒターの問いかけに、クラウスが頭をかいて頷いた。

「俺が見かける時は、いつもあんな感じだ。ひっそりと壁際に立っていて、誰も声をかけないんだよ。俺が挨拶すると嬉しそうに話をしてくれるけど、他の連中は彼女を相手にしない。彼女を遠巻きに見て、嫁《い》き遅れの娘だと噂しているんだ」

「嫁き遅れ……彼女は、いくつだ？」

「確か、二十二だ。年齢的にも少し厳しいな」

「そうか。てっきり、彼女はもう誰かのもとに嫁いだのだと思っていた。あの事故から四年も経過しているからな」

「目のことがあるから、結婚相手が見つからないんだろう。社交界ってのは、そういうことを気にする連中が多いんだ。目が見えなくたって、ヴィオレッタは優しくて、いい子なのに。ああ……俺が独身だったらな」

　妻帯者のクラウスが両手を頭の後ろに回して、ちらりとリヒターを見てくる。

「そういえば、奇遇にも、ここに独身の男が一人いるな。どうだ、リヒター。ヴィオレッタは本当にいい子だぞ」

「私に、彼女と結婚しろと言っているのか？」

「俺はアリだと思うぞ。お前がシャーロットの件で女を嫌っているのは知っているが、もう過去の出来事だ。あんな女ばかりじゃない」

「あの女の名を出すな、不愉快だ。それに、私は女が嫌いというわけじゃない。富と身分にしか興味がないような、分別のない女が嫌いなだけだ」

「だったら、俺はますますヴィオレッタを推したいね。あの子は利発で、自分の置かれた状況もよく理解している子だ。何より、お前はあれを見て、どうとも思わないのか？」

どうとも思わないのか、だって？

リヒターは顔を歪めると、顔を背けた。リヒターが王都に足を運ぶことは稀《まれ》で、社交界の事情には疎く、ヴィオレッタも既に結婚したものだと思いこんでいた。

しかし、先ほどの令嬢たちも然り、ヴィオレッタを無視する者たちや、彼女の噂をしている者がいるという事実を知って、腹の底から憤りがこみあげてくる。


――なぁ、リヒター。俺が死んだら、俺の妹たちを守ってやってくれないか。俺の妹は二人いるんだけどさ、どっちも可愛いんだよ。何だったら、どちらかを、お前と結婚させてやってもいいぞ。妹がお前を気に入ったら、の話だけどな。


戦場でたき火の番をしながら、エドガーとそんな話をしたことがある。戦場は死と隣り合わせの世界だった。いつ死ぬか分からない状況で、友人が語った遺言めいた台詞を、リヒターは今も鮮明に覚えている。

エドガーは軽口を叩くような気軽さで話をしていたが、その実、リヒターを見つめてくる目は、とても真剣だったのだ。

皮肉なことに、エドガーは戦場ではなく、事故で亡くなってしまったのだけれど。

リヒターはヴィオレッタを眺めながら目を細めた。

彼女は周りから声をかけられなくても気にしていないようだ。まるで、自分が無視をされるのは当然であり、全てを受け入れていると言わんばかりの達観した表情をしている。

そんな彼女の姿から、リヒターは目が離せなかった。

「リヒター。お前だって、いつまでも独身で居続けるわけにいかないだろう。侯爵家の跡継ぎを作らなきゃならない」

「そんなことは、お前に言われなくても分かっている」

リヒターは今年で三十二歳になる。領地に引きこもって女性とは縁遠《えんどお》い生活をしているが、さすがに妻帯しなければなるまいと考え始めていた頃だった。

だが、社交界で噂話に興じながら、小鳥のように囀《さえず》っている令嬢の中から結婚相手を選ぶつもりはなかった。そもそも大部分の令嬢は彼と目が合った途端に怯えて、露骨に避けるのだ。相手を探すどころではない。

しかし、ヴィオレッタは違う。リヒターの姿が見えないのだから、怯えたりしない。

こうして見ていると落ち着いた女性のようだし、二十二歳ならば十代の女より分別はあるだろう。

本人の性格が良ければ、目が見えない点は些末な問題だった。

「彼女との結婚、か……考えてみよう」

「いい話だと思うぞ。ヴィオレッタは伯爵家のご令嬢だから、そういう点でも、侯爵家に嫁いでも問題ない身分だ。……さて、俺はヴィオレッタに挨拶してこようかな。お前も来るか？　紹介するぞ」

「いや、今日はやめておく」

リヒターは周りから注がれる視線を感じながら、クラウスの申し出を断る。

目立つリヒターが、これ以上ヴィオレッタに近づいたら、彼女に嫌な思いをさせるかもしれない。

先ほど会話はしたし、今日のところは遠くから見守るだけに留めておこう。

クラウスがヴィオレッタに挨拶をしている姿を遠巻きに眺めながら、リヒターは気難しげな表情で腕組みをする。

久しぶりに王都の夜会に出席し、亡き友人の妹が社交界で邪魔者のように扱われているのを知ってしまった。エドガーの遺志もあり、このままヴィオレッタを放ってはおけない。

それに、清廉な空気を纏うヴィオレッタに、目を奪われているのも確かだ。

どうするのが一番なのか、リヒターの中では答えが出つつあった。

◇

馬車から降りて屋敷に入ったところで、ようやく退屈な夜会が終わったと、ヴィオレッタは肩の力を抜いた。

義母のキャサリンの声が聞こえる。

「ああ、久しぶりに楽しい夜会だったわ。……あら、あなた、まだそこにいたの？　さっさと部屋に戻って寝なさい、ヴィオレッタ」

キャサリンの口調は冷たかったが、ヴィオレッタは慣れているので気にせずに、メイドのターニャを呼んだ。側に控えていたらしく、すかさず手を取られた。

「私はここにおります、ヴィオレッタ様。お部屋へ参りましょう」

「ええ、ターニャ。……おやすみなさいませ、お義母様」

その挨拶に返答はなく、キャサリンが階段を上っていく音が聞こえた。

今日の夜会は父のトラモント伯爵が仕事の関係で出席できなかったので、付き添いはキャサリンだけだった。後妻として伯爵家に嫁いできたキャサリンはヴィオレッタに冷たく接する。挨拶に返答が無いのは日常的で、ほとんど話しかけられることもない。

義母に疎まれているのが分かっているから、ここは生まれ育った屋敷のはずなのに居場所がないと感じる時もある。

しかし、それも仕方のないことだ。血の繋がりがなく、二十二歳になっても嫁ぎ先の見つからない目の見えない娘なんて、鬱陶《うっとう》しいと思うのは当然だろう。だからヴィオレッタも、キャサリンと良好な関係を築こうという努力は、とっくにやめていた。

ヴィオレッタはターニャの手を借りて階段を上り、自室に向かう。

四年前の事故以来、彼女は視力を失った。原因は精神的なものだと診断を受けたが、一向に目は治らない。きっと一生このままなのだろう。

部屋に到着すると、ヴィオレッタはターニャの手を借りて寝る支度をしながら、夜会での出来事を思い返した。

転んだ時に、手を貸してくれた男性の名前を訊くのを忘れてしまった。

気づいた時には、彼は既に去った後だったのだ。

――手を貸そう。立てるか？

髪を梳《と》かしてもらいながら、ヴィオレッタは耳に触れる。

少し掠れ気味で、聞き取りやすいハスキーボイス。あんなに素敵な声の持ち主には初めて会った。

「ターニャ。今日、久しぶりに知らない男性と話したの」

「まぁ。一体、どのような方だったのですか？」

ターニャは身寄りがなく、屋敷に住み込みのメイドとしてヴィオレッタの身の回りの世話をしてくれていた。信頼のおける、しっかり者のメイドだ。

「私が転んだところを助けてくれたの。とても素敵な声をしていたわ」

「素敵な声、ですか。どんな感じでしょう」

「声のトーンが低くて、話し方には落ち着きがあって、優しそうな感じかしら」

声の感じを言葉で説明するのは難しいが、ニュアンスは伝わったらしい。

「想像できました。その方のお名前はお訊きしたのですか？」

「名前を訊くのを忘れてしまったの。知らない男性とお話しするのなんて、久しぶりだったから緊張していて」

ヴィオレッタは両目を瞬《またた》く。目を開けたままでいると眼球が乾いてしまうから、定期的に瞬《まばた》きをするようにしているのだ。

「声の落ち着いた感じから判断して、きっと年上でご結婚されている方ね。しっかりとお礼を言いたかったのだけれど、お名前も分からないのだから仕方ない」

「キャサリン様は、ご一緒ではなかったのですか？　お顔を見ていらっしゃるのでは」

「お義母様は、ちょうど席を外していた時だったの」

夜会の終わり間近まで、キャサリンはヴィオレッタのもとに戻ってこなかったが、そこは言わないでおいた。

髪を梳かし終えると、ヴィオレッタはターニャの手を借りてベッドに入った。

「今日も退屈な夜会だったわ。でも、ハイデン公爵様が気を遣って声をかけてくださったし、クラウス様もいらっしゃっていて、ご挨拶できたのは嬉しかった。楽しかったのは、それくらいね」

夜会は、いつも憂鬱だ。目の見えない彼女がどんな扱いをされているのか知っているはずなのに、社交場に顔を出せとキャサリンはうるさく言う。さっさとヴィオレッタの結婚相手を見つけて、厄介払いしたいのだろう。

父のトラモント伯爵は無理に出席する必要はないと言ってくれるが、嫁ぎ先のない自分の存在がどれほど外聞の悪いものか、ヴィオレッタは自覚していた。

ただ生きているだけでも、ヴィオレッタは伯爵家の重荷になる。誰かのもとに嫁ぐ将来も、再び目が見えるようになるという希望も、もはや見込みがなく、彼女には全てを諦めている節があった。

このまま自分が生きていることに意味があるのかと、そんなことさえ考えてしまう。

ヴィオレッタは、気遣うように手を握ってくれているメイドの名を呼ぶ。

「ターニャ。昨日の続きを、お願い」

「はい、ヴィオレッタ様」

カサリ、と紙のこすれる音がした。本のページを捲る音だ。

昨日の続きから、本の読み聞かせが始まる。

「《全てを失ってから、永遠と思えるような時間を悔いて過ごした。その後悔の先で見つけたものを、私は何と呼べばいいか分からない。果たして生きていてもいいのか、その理由をずっと探し続けている――》」

ターニャの声に耳を澄ませながら、ヴィオレッタは眠りに落ちていく。

《果たして生きていてもいいのか、その理由をずっと探し続けている――》

耳に届いた一節が無性に心にしみた。


夜会からしばらく経ったある日、ヴィオレッタは父の書斎に呼ばれた。

屋敷の中は一人で歩けるので、壁伝いに書斎まで足を運んだら、どうやら父だけでなくキャサリンもいるようだった。

「お父様。お話って何ですか?」

「それがだな、ヴィオレッタ。お前に結婚を申し込んでくれた方がいるのだ」

ヴィオレッタは耳を疑った。嫁き遅れで目の見えない女と結婚したいなんて、一体どこの物好きだろう。伯爵家の持参金が目当てか、もしくは妻に先立たれたために貰い手のない若妻を欲しがっている、初老の男性という可能性もある。

ヴィオレッタが想像を巡らせていると、キャサリンが明るい口調で言った。

「これは素晴らしい話なのよ、ヴィオレッタ。お相手は、あのヘーゲンブルグ侯爵閣下なのですから」

ヘーゲンブルグ侯爵。その名前はヴィオレッタでも知っている。先の戦争で、軍隊長として武勲を挙げて英雄とまで呼ばれている人だ。

兄のエドガーが、彼とは友人なのだと話してくれたことがある。母と兄の葬儀にも来てくれたらしいが、その頃のヴィオレッタは心身を病んで部屋から出られなかったために、本人とは面識がない。

しかし、ヘーゲンブルグ侯爵は戦争が終わってから領地に籠もっていて、ほとんど王都に出てこないという話を聞いていた。

そんな人が、どうしてヴィオレッタに求婚してきたのだろう？

「夜会であなたを見初《みそ》めたらしいわ。よかったじゃない、ヴィオレッタ」

「本当にヘーゲンブルグ侯爵が、私に結婚を申し込んできたんですか？」

「ああ。送られてきた書簡の署名《サイン》も、侯爵家のものだ。間違いない」

そう父は答えてくれるが、興奮しているキャサリンとは違って、その声は沈んでいる。

「書簡には、結婚を承諾するならば、お前に侯爵家の領地ヘーゲンブルグまで足を運んでほしいと書いてある。直《じか》に話をして、そのあと、向こうで婚礼を挙げるそうだ」

「侯爵家と繋がりができるなんて、素晴らしい話だわ。すぐにお返事を書きましょう」

「しかし、ヘーゲンブルグと言ったら、隣国に近い辺境の地だぞ。領土は広大だが、王都からは遠い。馬車に乗っても、数日かかる距離だ。そんな遠くへ嫁がせるのは……」

「あなた。この子が、これ以上の結婚相手を望めると思うの？　これを逃せば、嫁ぐ先が見つからないかもしれないわよ。私は絶対に、この話を請けるべきだと思うわ」

キャサリンは強い口調で言い放つと、カツカツと足音を立てながら書斎を出て行く。

両親のやり取りを聞いていたヴィオレッタは、深く息を吐いた。

義母の言う通りだ。これを逃せば、嫁ぎ先が見つからないかもしれない。結婚を申し込まれる機会がほとんどないことを、ヴィオレッタは嫌というほど理解していた。

「ヴィオレッタ。お前の気持ちを聞かせておくれ」

父の声が近づいてきた。肩にそっと手を置かれて、ヴィオレッタはぴくりと身を揺らしたが、伯爵家の外聞や両親の想いを考えたら、迷う余地などない。

「私に結婚のお話が来ること自体が、ありがたいことだと思っています。ましてやお相手がヘーゲンブルグ侯爵閣下ならば、この家のためにもなることです。私はありがたくお請けしたいと思います」

ヴィオレッタは淡白な口調で答え、肩に置かれた父の手に触れる。腕を伝って肩まで移動していき、そこから顔に至った。

嫌がらずに触れさせてくれる父の顔を指で探ってみたら、口元が歪んでいる。

「お父様。喜んでくださらないのですか？」

「ヘーゲンブルグ侯爵とは、何度か顔を合わせたことがある。若くして侯爵家を継ぎ、戦争では武勲も挙げた素晴らしい方だ。エドガーとも仲が良かったそうだ。しかし、私の目から見ると気難しい方で、他家のご令嬢たちは彼を怖がっているようだ」

「怖がっている？」

「ああ。目つきや表情が、少しな……ヴィオレッタ。私は、お前が心配なのだ」

ヴィオレッタはトラモント伯爵の目元に触れる。いつの間にか皺が多くなった父の目尻は年を重ねて下がっていた。

「心配なさらないで、お父様。私なら大丈夫です。それに、私の目のことや年齢のこともご存じの上で、侯爵様は結婚を申し込んでくださったのでしょう?」

「ああ、書簡にはそう書いてある」

「ならば、私に断る理由などありません。お義母様の言う通り、私にはもったいないほどの良いお話ではありませんか。このまま結婚できずにいるよりも、このお話を請けることで、伯爵家に生まれた娘としての務めを果たしたいのです」

「それがお前の意思なのだな」

「はい。お父様」

父の唇が小さく動いたので、もしかしたら何か言おうとしたのかもしれない。

しかし、ヴィオレッタは身を引いて優雅にお辞儀する。

「すぐに荷物を纏めて、数日中に王都を発ちます。使用人の中から、供をつけて頂けるとありがたいです」

父の書斎を後にして、ヴィオレッタは壁に凭れながら天を仰いだ。

侯爵のもとに嫁ぐという不安や、どうして自分が選ばれたのかという疑問は渦巻いているけれど、安堵の想いが全てに勝っていた。

これでようやく、伯爵家の厄介者ではなくなるのだ。


出発を明日に控えて、ターニャの手を借りながら荷物を纏めていた時だった。

突然、部屋のドアが開け放たれて、慌ただしい足音が近づいてくる。

「お姉様！　一体どういうことなのですか！」

妹のマルグリットの声だ。彼女は既に子爵家へ嫁いでいるため、こうしてトラモント家を訪ねてくるのは珍しい。

ベッドに腰かけてナイトドレスを畳んでいたヴィオレッタが驚いていると、マルグリットの声がぐっと近づいてきて、手を握られた。

「マルグリット。あなたこそ、いきなりどうしたの？」

「お父様から、お姉様がヘーゲンブルグ侯爵のもとへ嫁ぐという話を聞いて、こうして駆けつけたのです。本当に嫁ぐつもりですか？」

「ええ、そのつもりよ。侯爵様のことは、あなたも知っているでしょう。戦争でも活躍されて、英雄とまで呼ばれている方よ」

「確かに、ヘーゲンブルグ侯爵の武勲は有名ですが、あの目で睨まれたら恐ろしさのあまり動けなくなるとか、そういう話ばかり聞きます。顔にも大きな傷があって、恐ろしい殿方として令嬢の間では有名なのです」

「そうなの？　初めて聞いたわ」

ヴィオレッタは社交界に友人がおらず、そういった噂話には疎いのである。

「でも、私は睨まれても分からないし、顔に傷があるというのも見えないのだから気にならないわ。皆が言うように恐ろしい方だとしても、頭から取って食われるわけでもないでしょう。そんなに心配は要らないわ」

「危機感が無さすぎます。結婚ということは、一生を共にするということなのですよ」

マルグリットに肩を揺さぶられて、頭がぐわんぐわんと揺れる。

ヴィオレッタは妹の手を優しく叩き、落ち着かせた。

「マルグリット。私だってそれくらい理解しているわ。それに、侯爵様は私の年齢や目のことを知っていても、結婚したいと言ってくれているの。とてもありがたいお話なのだから、お断りする理由がない」

「ですが、ヘーゲンブルグ領と言ったら、王都から遠いではありませんか。お姉様の身に何かあった時は、すぐに駆けつけることができません」

マルグリットは父と同じようなことを口にする。嫁ぐからには、相手の領地で暮らすのは当然のことだが、父だけでなく妹までこの心配ようだ。

ヴィオレッタとて父と妹の気持ちは理解できる。四年前の事故を経験しているからだ。

あの日、事故の現場に居合わせなかった二人は、ヴィオレッタが遠くへ嫁ぐことを過剰なまでに心配している。目の見えない彼女が階段から足を滑らせてしまえば、打ち所が悪ければ死ぬし、道に出て馬車に轢《ひ》かれたらそれで終わりなのである。

だが、気を遣いながら生活をしていれば、そんなことは滅多に起こらない。

「そんなに心配しなくても大丈夫。何も起きないわ」

「本気で嫁がれるつもりなのですね」

「ええ。侯爵家と繋がりができるのなら、この家のためにもなるし、それくらいしか、私にできることはないから。それに、私はもう誰にも迷惑をかけたくないの。このままじゃ嫁き遅れだと陰口を叩かれるばかりだし……分かってくれるわよね、マルグリット」

マルグリットの返答はなかった。妹はどんな表情をしながら話を聞いていたのだろうと、ヴィオレッタは想像しながら妹の手を撫でる。

――二人が死んでしまったのは、お姉様のせいだわ！

マルグリットが、あの時に口走ってしまった言葉を気に病んでいることを、ヴィオレッタは知っていた。ヴィオレッタがそれを聞いていたと知ったマグリットに、謝られたこともある。

大丈夫。気にしていないわ。そう答えたが、あの言葉は永久《とこしえ》の呪いのように、ヴィオレッタの心に刻みついていた。

「お姉様は、誰の迷惑にもなっておりません。お姉様が遠くへ行かれると、こうして会えなくなるのが寂しいだけで……それが、私の本心です」

「そんなことを言ってくれるのは、あなたくらいよ。ありがとう」

ヴィオレッタは抱きついてくる妹の背中を撫でてやった。会えなくなるのが寂しいと言ってくれる。その気持ちだけで、心から嬉しかった。


出発当日、旅支度をしたヴィオレッタのもとにメイドのターニャがやって来た。

「ヴィオレッタ様。ヘーゲンブルグまで、私がお供することになりました」

「旅の道中、あなたがいてくれるのなら安心ね」

「はい。ですが、お供をするのは旅の間だけではありません。私には身寄りもありませんし、今後もヴィオレッタ様にお仕えしたいと旦那様に直談判して参りました。お許しを頂いたので、ヘーゲンブルグでの生活においても、私がお世話をさせて頂きます」

ターニャはヴィオレッタの手から荷物の入った鞄を取り上げると、彼女の手を取って優しく引いた。

「ターニャ、本当にいいの？」

「もちろんでございます。ですから、何もご心配いりません」

ターニャは視力を失う前からメイドとしてヴィオレッタの側にいて、今では数少ない信頼できる相手だった。また、ターニャはヴィオレッタを疎むキャサリンを嫌っているらしく、そういう理由もあって一緒に行くと決断してくれたのだろう。

思いがけず頼もしい味方ができたことに、ヴィオレッタは内心ほっとする。

玄関まで見送りに来てくれた父との挨拶を済ませると、馬車に乗りこんだ。

これから長距離を移動して、辺境の地ヘーゲンブルグに向かうのだ。

馬車に揺られて数日。侯爵家の計らいで道中の宿泊地は手配されていて、特に不自由もなくヘーゲンブルグ領に入った。

領地に入ると、侯爵家の馬車が迎えに来ており、そちらに乗り換える。

乗り心地のいい馬車に揺られて、更に半日ほど走ると、ようやく侯爵家の屋敷が見えて来たようだ。

「ヴィオレッタ様。侯爵家のお屋敷が見えてきました」

ターニャが馬車の窓を開けてくれて、頬に風を感じた。木と草の香りがする。

「とても大きいお屋敷で、お城のようです。お屋敷の周りには鉄の柵があり、外は林に囲まれています。門をくぐるとロータリーまでは距離があって、これもお城みたいですね」

ターニャが屋敷の様子を説明してくれている。

ヴィオレッタはそれに耳を傾けながら、木と草の香りがするのは、林に囲まれているからなのねと納得した。

ほどなくして石畳を走る車輪の音がやみ、馬車が停まった。侯爵邸に到着したのだ。

ターニャの助けを借り、ヴィオレッタは足を踏み外さないように気をつけながら馬車を降りる。

ヘーゲンブルグの地に降り立つのと同時に、男性の声が聞こえてきた。

「ヘーゲンブルグへようこそ。長い旅だっただろう」

ハスキーで聞き取りやすい声が耳に届いた瞬間、ヴィオレッタは息を呑んだ。聞き覚えのある声だったからだ。

――手を貸そう。立てるか?

まさか、あの人なのだろうか。期待と不安がごちゃ混ぜになったまま、ヴィオレッタは声のするほうに顔を向けていた。

第二章　見えない愛撫

屋敷の前でヴィオレッタを出迎えてくれた男性が自己紹介する。

「私はリヒター・ヘーゲンブルグ。この屋敷の主だ。君の到着を待っていた」

目が見えなくなってからというもの、ヴィオレッタは人の声をトーンやアクセントで聞き分けるのが得意になった。だから、間違えるはずはない。

少し掠れ気味で低い声の持ち主は、あの夜会で手を貸してくれた人だ。

耳に響く心地よい声に聞き惚れたヴィオレッタは、我に返って一礼した。

「ヴィオレッタ・トラモントです。どうぞ、よろしくお願いします」

「ああ。……こちらへ」

リヒターの足音が遠ざかっていく。ヴィオレッタがターニャを呼ぶと、すぐに「こちらです」という言葉が聞こえて、そっと手を引かれた。

「目の前に三段の階段があります。いきますよ。一……二……三……」

ターニャの声に合わせて足を動かした。盲目のヴィオレッタにとって、初めて訪れる場所は移動が大変だ。段数が分かっていても、爪先が引っかかって躓《つまず》くことが多い。

階段を上り終えて少し進むと、室内に入ったらしく匂いが変わった。玄関ロビーに花でも飾っているのか、かすかに甘い香りがする。

「こっちだ」

ヴィオレッタはリヒターの声がするほうに顔を向け、ターニャに導かれて部屋に到着した。ソファまで案内されて座ると、向かいのソファもギシッと軋《きし》んだ。リヒターが座ったのだろう。

「侯爵様。このたびは、私のような者を妻に選んでくださり、ありがとうございます」

「…………」

「私はこのように不自由な身ではありますが、身の回りのことは側仕えのターニャが世話をしてくれますし、着替えや食事などは自分でできます。屋敷の中でも、部屋の位置や階段の段数など覚えてしまえば、一人で移動することができます。侯爵様のお手を煩わせることはありません」

ヴィオレッタは前もって考えておいた台詞を口にするが、リヒターの相槌《あいづち》がない。

相手の表情が見えず、反応もないので不安に思っていると、ようやく彼が口を開いた。

「こちらこそ、王都まで迎えに行けず申し訳なかった。急ぎの仕事があって領地を離れられなかった。これから、よろしく頼む」

「はい。よろしくお願いします」

「ここでの暮らしは、君に不自由のないように取り計らおう。それから、私のことは堅苦しい呼び方ではなく、リヒターと呼んでくれて構わない」

彼のハスキーボイス。話し方に抑揚がないため感情は読み取りづらいが、やはり耳に心地よい声だなと思う。

ヴィオレッタは耳に触れる仕草をして、伏し目がちに応じる。

「分かりました。では、リヒター様とお呼びします」

「ああ。それと、君との婚礼のことだが、大々的な結婚式は挙げないつもりだ。領内の教会で身内だけを招待して挙げるつもりでいる。承知しておいてくれ」

侯爵家の結婚式ともなれば、大抵は王都で挙式するのが通例だ。身内だけの式を挙げるというのは、あまり無いことである。

違和感を覚えたのは数秒のことで、ヴィオレッタは察する。彼女は盲目だ。王都で式を挙げるとなると、どうしても注目を集めることになるし、侯爵家としての外聞が悪いのかもしれない。

少しの沈黙をおいて、ヴィオレッタはこくりと頷く。

「分かりました。リヒター様のお好きになさってください」

「……言っておくが、私が、王都で大々的な式を挙げたくないんだ。招待客が多いと面倒だし、人付き合いも好きではない。それが領内で式を挙げる理由だ」

言い直したリヒターは、私が、の部分を強調した。ヴィオレッタのせいではないと言いたいのかもしれない。

ヴィオレッタはもう一度、頷いた。どんな理由があるにせよ、彼女はリヒターの意向に従うつもりだ。こんな身の上のヴィオレッタを妻に娶《めと》ってくれるだけでも、ありがたいことなのだから。

「君のご両親とも相談して式の日取りを決める。式について、何か要望があるなら聞くが」

「式を挙げる教会には、前もって足を運ばせてください。段差の位置や、構造を知っておきたいのです」

「分かった。案内させよう。他には？」

「他にはありません。お任せします」

「そうか。ならば、詳しいことが決まり次第、伝える。……今日はもう休め。部屋に案内させる」

リヒターが立ち上がる気配があり、その直後、彼が呆れたような声を上げた。

「エリザ。そこで何をしている」

「あーっ……見つかっちゃった」

甲高い子供の声がする。パタパタと走ってくる足音がして、間近で止まった。

「こんにちは。わたしはエリザベータです。あなたが、リヒター伯父様の奥様になられる方なの？」

リヒター伯父様？　ヴィオレッタが困惑していると、リヒターが紹介してくれた。

「姪《めい》のエリザベータだ。両親を亡くしていて、今は私が引き取って育てている」

「姪御さんなのですね。こんにちは、エリザベータ。私はヴィオレッタっていうの」

「うん。わたしのことはエリザって呼んで。あなたのことも、ヴィオレッタって呼んでいい？」

「こら、エリザ。初対面の女性に失礼だろう」

「リヒター様、私なら構いません。……エリザ、初めての場所で分からないことも多いから、色々と教えてね」

ヴィオレッタがエリザベータの声が聞こえるほうに顔を向けたら、しばし間があった。

何かと思って首を傾《かし》げていたら、不思議そうに言われる。

「ヴィオレッタと握手がしたいの。手を貸して」

「あ、ごめんなさい。どこかしら」

どうやら、エリザベータは手を差し出していたらしい。困っていると、エリザベータのほうから手を握ってくれたが、無邪気な子供はストレートに尋ねてきた。

「もしかして、ヴィオレッタって目が見えないの？」

「……ええ。実はそうなの」

「ふーん。じゃあ、わたしが、ヴィオレッタのお部屋まで案内してあげる」

エリザベータに手をぐんっと引っ張られて、立ち上がりかけていたヴィオレッタは不意打ちに身体の均衡を保てず、つんのめるようにして床に膝を突いた。

「あっ……」

「エリザ！」

リヒターの怒声が響き、エリザベータと繋がっていた手が離れる。すかさず側で控えていたターニャが手を貸してくれて、今度は無事に立ち上がることができた。

「ごめんなさい！　わたし、強く引っぱりすぎちゃって……」

「ううん、大丈夫よ。もう少しだけ、ゆっくり歩いてくれたら嬉しいわ。よければ、もう一度手を取って、お部屋まで案内してくれる？」

今にも泣きそうな声を出すエリザベータに、ヴィオレッタは再び手を差し伸べて柔らかい口調で請う。すると「うん」という返事があり、小さな手が重ねられた。

「ゆっくり歩くね」

「ええ。……リヒター様。お部屋に下がらせて頂きます」

「……ああ」

ヴィオレッタはリヒターの声がしたほうに頭を下げると、慎重に手を引いてくれるエリザベータに連れられて部屋を出た。

「この先に階段があるよ。どうしたらいいの？」

「段差を一段ずつ数えてくれたら、一緒に上れるわ」

「わかった。じゃあ、いくよ。一段……二段……」

エリザベータに手を引かれて階段を上っていく間も、背後では転がり落ちないようにと気を張っているターニャの気配があり、もう一つ、別の足音も聞こえてくる。つかず離れずの距離を保ち、様子を見ているようだ。もしかしたらリヒターだろうか。

慎重に時間をかけて階段を上り終えて、廊下を真っ直ぐ進んでいき、ようやく部屋に到着した。

「ここがヴィオレッタの部屋だよ。日当たりがよくて、お庭がよく見えるの。私の部屋は廊下を挟んだ向かい側にあって、伯父様の部屋はヴィオレッタの右隣なの。何かあったら、伯父様の部屋に行けば大丈夫よ」

ヴィオレッタには庭園を見ることはできないが、日当たりがいいのは嬉しい。

エリザベータとリヒターの部屋の位置も頭に入れていたら、手をくいくいと引かれる。

「明日はお庭と屋敷を案内してあげるね」

「ええ。ありがとう」

「リヒター伯父様は一緒に来ちゃだめよ。女どうしの話があるんだから」

エリザベータがヴィオレッタの背後に向かって話しかけている。やはり、リヒターもここまで付いてきたらしい。

エリザベータの言葉にリヒターからの返答はなく、足音だけが遠ざかっていった。

◇

ヴィオレッタが無事に部屋へ着いたのを見届けると、リヒターは一階に戻り、玄関ホールから階上を見上げる。

トラモント伯爵家の令嬢、ヴィオレッタ。婚礼を挙げれば、正式に彼の妻となる。

まさか本当に妻に迎えるとはな、とクラウスが笑っている姿が頭に浮かんだ。うるさいな、こうするのが一番だと思ったんだと、ここに居ない友人に心の中で言い返す。

実際のところ、あの夜会が終わってからリヒターの行動は早かった。領地に戻るなりトラモント伯爵家へ書簡を送り、結婚を申し込む旨を伝えたのだ。

ヴィオレッタは伯爵家の令嬢だ。侯爵家に迎えてもおかしくはない身分だし、若いだけが取り柄のような頭の軽い令嬢を迎えるよりはいい。妻にすれば、庇護《ひご》下にもおける。

——このたびは、私のような者を妻に選んでくださり、ありがとうございます。

挨拶した時の淡白な口調と、感情の乏しい表情が少し気にかかったが、ヴィオレッタもこの結婚は受け入れているようだ。

腕組みをしながら物思いに耽《ふけ》っていたら、廊下の向こうから初老の男性が現れた。侯爵家に仕えている古参の使用人、執事のトーマスである。

「閣下。今夜のヴィオレッタ様のお食事はいかがいたしましょう。ダイニングにご準備することもできますが」

「頃合いを見て、部屋まで運んでやれ。ダイニングにはいつも通り、私とエリザベータの分だけでいい」

「かしこまりました。……エリザベータお嬢様は、ヴィオレッタ様に興味がおありのようですね。

手を引かれてお部屋まで案内されるほどですから。閣下が結婚されることを嫌がっておいでしたから、悪戯《いたずら》でもされるのではないかと心配しておりました」

「あの悪戯娘のことだ、そのつもりだったかもしれん。だが、ヴィオレッタに挨拶をして思い直したのだろう。私も、それくらいの躾はしているつもりだ」

ヴィオレッタに悪戯を仕かけるようならば、あの場で怒鳴りつけていたところだ。

しかし、エリザベータはヴィオレッタを部屋まで案内して行った。話しかけられるたびに目をきらきら輝かせていたから、あの調子だと懐《なつ》くだろう。

ヴィオレッタも子供が好きらしく、物腰柔らかく相手をしていた。

「トーマス。私はしばらく婚礼の支度で忙しいから、お前が気を配ってやってくれ」

「かしこまりました」

リヒターは胸に手を当てて仰々しく一礼する初老の執事を一瞥《いちべつ》し、身を翻す。

さて。結婚式までに、準備しなくてはならないことが山積みだ。

◇

ヘーゲンブルグ侯爵邸に到着した翌日、部屋で朝食をとり終えたところに、エリザベータが訪ねてきた。

「ヴィオレッタ！　一緒にお庭をさんぽしましょう！」

元気のいい声と共に手を引っ張られて、ヴィオレッタは部屋から連れ出される。慌てたようにターニャが追いかけてきた。

ヴィオレッタはエリザベータと共に一段ずつゆっくりと階段を降り、外に出た。ここへ来る時にも嗅いだ草と木の香りがする。頬を撫でる風も暖かくて心地いい。

「こっちよ。ゆっくり歩くね」

エリザベータは彼女の手を握って、庭園まで導いてくれる。

ヴィオレッタは躓かないように足元へ意識を集中しつつ、耳を澄ませた。

目が見えない今は、聴覚が最も頼りになる。どこかで、さわさわと木の葉がこすれて囁《ささや》き声を立てていた。噴水もあるのか、チョロチョロと水の流れる音がする。木の枝から鳥が飛び立ち、空へと舞い上がる羽音もした。

ヴィオレッタは音を聞いて、周囲の状況をある程度は把握できるが、太陽の光や美しい自然の光景、親しい人たちの笑顔など、視力と共に多くのものを失ってしまった。

ヴィオレッタが最後に見たものは事故の光景であり、あれ以来、彼女の時計は止まってしまっている。将来への夢や希望もなく、漫然と日々を過ごしているばかりだ。

エリザベータの楽しそうな声が響く。

「少し先にベンチがあるのよ。そこでひなたぼっこをするのが、お気に入りなの。噴水が見えて、近くの花だんには花がいっぱい咲いているんだよ」

少女の説明を聞きながら、ヴィオレッタは到着したベンチに腰を下ろした。

「わたしね、毎日、お庭をさんぽしているの。明日からはヴィオレッタも、わたしと一緒にさんぽしてくれる？」

「ええ」

隣に座ったエリザベータが顔を覗きこんできているのか、近くで吐息を感じた。

ヴィオレッタは前を向いたまま、頷く。

「ほんとう？　えへへ……一人でさんぽするのは、つまらなかったの。約束だからね」

エリザベータの声が嬉しそうに弾んでいる。少女の無邪気さに触れたヴィオレッタが穏やかな心地になっていると、エリザベータがふと声をひそめた。

「ねぇ、目が見えないのって大変？」

「そうね……大変だけど、もう慣れたわ」

「見えないのって、かなしくないの？」

子供は残酷だ。ストレートな質問は、ヴィオレッタの心を容赦なく抉《えぐ》る。

見守っていたターニャが見かねたらしく、控えめに口を挟んできた。

「エリザベータ様。その質問は――」

「いいのよ、ターニャ。……エリザ。見えないことは悲しいわ。噴水や花壇の花、あなたの顔だって見ることができないから」

ヴィオレッタは空に顔を向ける。太陽があるはずなのに、彼女の視界は真っ暗だ。光の欠片さえ見当たらない。

ひたすらに空を仰いでいたら、エリザベータが袖を引いてくる。

「ごめんなさい、ヴィオレッタ。わたし、よくないことを聞いた」

素直に謝ってくるエリザベータに手を差し出すと、小さな手が乗せられた。気にしていないよという意味をこめて握ると、ぎゅっと握り返される。

「あのね、ヴィオレッタ。わたしね、リヒター伯父様と結婚する人が、すっごくイヤな人だったら……ちょっと、いたずらしちゃおうと思っていたの。だけどヴィオレッタは、やさしくて、わたしのお母様に、すこし似てるから」

「エリザのお母様？」

「うん。病気で死んじゃったけどね。でも、かなしくないよ。リヒター伯父様がいてくれるから」

まだ十歳なのに、エリザベータも母を亡くしているのだ。幼心に、どれほど傷ついたことだろう。

ヴィオレッタが母を失くした時の哀しみを思い出して沈黙していたら、エリザベータが手をくいくいと引いてくる。

「あのね、ヴィオレッタ。聞いてほしいの」

「なぁに？」

「リヒター伯父様のこと。ちょっぴり目つきが悪いし、顔にケガをした痕があって、わたしを怒る時もこわい顔をするんだけど、ほんとはとってもやさしいのよ」

「…………」

「お母様が死んじゃったあと、わたしを育ててくれているの。伯父様をこわがる人もいるけど、ほんとはこわくないの。だから、ヴィオレッタはこわがらないであげてね」

思いがけない言葉に、ヴィオレッタは見えない目をぱちりと瞬く。

「エリザ。私はリヒター様のお顔を見ることができないし、怖い方だと思っていないわ。むしろ、私を妻にと望んでくださったことに感謝しているのよ」

「そうなの？　だったらいいけど……リヒター伯父様はね、お話しする時も、ぶあいそうだったりするの。でも、怒っているわけじゃないのよ」

ぶあいそう――無愛想。一生懸命、伯父の良いところを挙げようとしているエリザベータが、今どんな表情をしているのか知りたくなって、ヴィオレッタはおもむろに手を伸ばした。

「エリザ。顔に触ってもいい？」

「いいけど、どうして？」

「指で触れると、表情が分かるの。嫌だったら、そう言ってね」

柔らかい頬に触れると、エリザベータの身体がぴくりと震えるが、逃げなかった。

すべすべの頬をなぞっていき、指の腹で目の下を撫でると、エリザベータが瞼を閉じた。その拍子に長い睫毛が指先へと触れる。鼻筋を伝って、ぽってりとした唇に至った。顔に触れられて戸惑っているのか、口は少し尖《とが》っている。

「エリザは、リヒター様が好きなのね」

顔に触れながら問うと、エリザベータの口が動いた。

「うん。リヒター伯父様のことは好きよ。ヴィオレッタも、リヒター伯父様のやさしいところを知れば、すぐに好きになるわ」

少女の口角が持ち上がった。笑ったのだろう。

つられたように口元を綻《ほころ》ばせたら、エリザベータがハッと息を止めた。

「ヴィオレッタは、笑ったほうが、きれい」

「綺麗？　そうかしら……自分では鏡も見えないし、よく分からないけれど」

そう言えば、こうして笑ったのなんていつぶりだろうと、ヴィオレッタは自分でも首を傾げてしまう。

エリザベータの手が頬に触れてきて、お返しとばかりに撫でられた。

「すっごくきれいだよ。もっと笑うといいのに。リヒター伯父様もよろこぶわ」

少女の素直な一言に、ヴィオレッタはまたしても笑みを誘われる。うん、と小さな返事をして、久しぶりに笑顔をもたらしてくれたエリザベータの頭を撫でてあげた。

結婚式は、ヘーゲンブルグに到着してから一ヶ月後に挙げることになった。

その一ヶ月間、ヴィオレッタは新しい生活に慣れるので精いっぱいだった。

リヒターは婚礼の支度や領地の仕事で忙しくしており、食事の際もヴィオレッタは自室でとっていたから、結婚式までほとんど顔を合わせる機会がなかった。

当日、ヴィオレッタは朝から支度をしていた。ストレートの黒髪は両サイドの部分を編みこみにして、残りの髪はゆったりと肩に垂らし、白いユリの髪飾りを挿してもらう。

リヒターが用意してくれたウェディングドレスはハイネックで、細かいデザインについてはターニャとエリザベータが説明してくれたが、二人とも二言目には「よくお似合いです」「すっごくきれい」と褒めちぎってくるものだから、途中からデザインの説明が頭に入ってこなくなった。

教会の入り口で顔を合わせたリヒターは、

「よく似合う」

と、一言だけ告げて、それきり会話は途切れてしまった。

式が始まり、ヴィオレッタは父に連れられてヴァージンロードを歩きながら、リヒターはどんな人なのだろうと想像してみる。

口数が少なく、彼女を見初めて妻にと望んでくれた奇特な男性。今日まで会話も数えるほどしかしていないため、ヴィオレッタは彼の人となりを把握できずにいる。

途中でエスコート役が父からリヒターに変わり、再び歩き始める。ヴィオレッタの手を握っている彼の手は、とても大きくて、ごつごつしていた。

ゆったりとした足取りで祭壇の前まで連れて行ってくれたリヒターが、小声で「着いたぞ」と言った。彼女の肩を抱いて、祭壇のほうに身体の向きを調整してくれる。

「リヒター・ヘーゲンブルグ。汝は、この者を妻として愛することを誓いますか？」

「誓います」

天井の高い教会内に、抑揚のないリヒターの声が朗々と響き渡る。

「ヴィオレッタ・トラモント。汝は、この者を夫として愛することを誓いますか？」

「誓います」

ヴィオレッタがリヒターに倣《なら》って誓いを口にすると、ヴェールを持ち上げられる。

一瞬だけ、唇に柔らかいものが触れた。初めてのキス。拍手が起こって、誓いの儀式は滞りなく終わった。

結婚式は互いの親族だけを招待したこぢんまりとしたものだったが、話を聞きつけた領民たちが教会の前に詰めかけており、花を散らしながら祝ってくれた。

父と義母とも挨拶を交わし、参列できなかったマルグリットからの手紙を手渡される。

「おめでとう、ヴィオレッタ」

「ヴィオレッタ。どうか幸せにな」

二人からの祝いの言葉を聞きながら、父の抱擁に身を委ねていたヴィオレッタは返事ができなかった。

ヴィオレッタは義務として結婚した。しかし、幸せになる資格はあるのだろうか。

夫となった人と寄り添い、参列者たちに祝われながら、ヴィオレッタは真っ暗な闇の中でそう考えていた。

屋敷の大広間で披露宴が催され、親族たちの歓談の声が遠くで聞こえる。

夕食を終えて一足先に部屋へ下がったヴィオレッタは、ウェディングドレスを着たままベッドに腰かけていた。

結婚した最初の夜に何をするのか、彼女とて知っているが、その件でささやかな疑問が生じていた。

「ねぇ、ターニャ。リヒター様は私を抱くつもりなのかしら」

先ほどからクローゼットを開けて、がさごそと動き回っていたターニャが抱えていたものを落としたらしく、バサバサッと音がした。そして、かすかに震えた声が返ってきた。

「今宵は結婚式の夜なのですから、そのおつもりなのではないでしょうか。のちほど、侯爵様のお部屋にヴィオレッタ様をお連れするようにと仰せつかっておりますし」

「そう……私は、しっかりできるかしら」

ヴィオレッタは小声で呟いて、不安に震える両手を握りしめる。

結婚式は決められた通りにすれば良かったが、初夜となると話が変わってくる。夫に抱かれるのだ。それが妻としての務めであることは理解している。

だが、何も見えない状態でしっかりと相手ができるのかは、分からない。

「相手が私では、失望させてしまいそうな気がしてならないの」

「ヴィオレッタ様……」

震える手に、ターニャの手が添えられた。

「ヴィオレッタ様は、心配なさらなくとも大丈夫だと思います。侯爵様に身をお預けになればよろしいのですよ」

「……ええ」

ターニャに励まさながら、ヴィオレッタは憂鬱なため息をついて、リヒターの部屋に向かった。

ヴィオレッタがノックすると「入れ」と許可が出たので、部屋に足を踏み入れる。

ターニャがどこかに着替えを置いて、そそくさと出て行った。二人だけになり、ヴィオレッタの心臓がばくばくと鳴り始める。

「今宵は、よろしくお願いします」

震える声で口火を切ったら、リヒターの足音が近づいてきて正面で止まった。

「手を出せ」

ヴィオレッタが言われた通りにすると、手を取られて強めに引っ張られる。足が付いていかなくて転びかけたところを、しっかりと抱き留められた。

「……すまない。力の加減に失敗した」

「え、ええ……」

ぎこちない謝罪が降ってきて、今度はだいぶ加減をされながら手を引かれた。途中で絨毯《じゅうたん》の端で躓いたりしたが、転ぶことなくベッドに到着する。

柔らかなマットレスに座らされて、ヴィオレッタがほっと胸を撫で下ろしていると、リヒターがいきなり肩に触れてきたから飛び上がるほど驚いた。

「っ……！」

「肩に触れただけだ。式は疲れたか？」

「……ええ。気を張っておりましたので」

「そうか。これから初夜を行なうつもりだが、平気か？」

ヴィオレッタが小さく頷けば、腕を引かれてベッドの中央に移動させられる。手で辺りを探ってみると、ヴィオレッタの部屋のベッドよりも広そうだ。

「リヒター様、どこですか？」

居場所が分からずに手を伸ばしていたら、指先が温かいものに触れる。彼の手だ。

「ここだ」

「あの、リヒター様……私はこのように目が見えませんので、もしかしたら、何か粗相《そそう》をするかもしれません。その時は、遠慮なくおっしゃってください」

「ああ」

短い返答の直後、髪飾りを外されて髪をほどかれる。かすかな吐息が首筋にかかったので、ヴィオレッタはぴくんと震えた。

いつの間にか、リヒターの身体が間近にある。首に生温かいものが触れて、それが首筋へのキスだと分かった時には、身体が後ろに傾いでいた。

背中からマットレスに沈められて、大きな身体が覆いかぶさってくる。

ヴィオレッタが驚きに身を捩っていると、前触れなく唇を塞がれた。キスをされていると気づくまで、しばし時間を要した。

「っ、ん……ん……」

リヒターが抱きしめてくるが、何も見えないせいで、真っ暗な闇の中から急に腕が伸びてきて、身体を搦め捕られていくような錯覚を抱く。

思わず四肢に力が入って、リヒターの肩に置いている手に力が籠もった。

「ヴィオレッタ。力を抜け」

不意に、耳の真横で囁かれる。ハスキーな声を、これほど間近で聞くのは初めてで、ヴィオレッタは息を止めた。

やっぱり、今まで聞いたどんな人の声よりも、彼の声は素敵だ。

こうして近くで聞くだけでも、背中にぞくぞくと痺《しび》れが駆け抜ける。

「あっ……」

ヴィオレッタは、咄嗟《とっさ》に手を突き出してリヒターの顔を押しのけようとするが、手首を捻られてシーツに押しつけられる。

「暴れるな」

また、リヒターが耳の横で囁いた。音の情報を頼りにしているヴィオレッタは、鼓膜を震わせる低い声に反応してしまう。ああ、この声はダメだ。

「っ……ちょっと、お待ちを……」

「何だ」

「……落ち着く時間を、ください」

ヴィオレッタは横向きになりながら、彼はなんてイイ声をしているのかしらと心の中で呟く。これでは、全ての意識が耳に集中してしまう。

ヴィオレッタが自分を抱きしめるようにして丸まっていたら、リヒターの声が一層低くなった。

「触るぞ」

制止する暇《いとま》もなく、リヒターがウェディングドレスに手をかけてきた。背中のボタンを外されて、襟を一気に開かれたので首から肩の辺りまで涼しくなる。

「あぁっ……」

「じっとしていろ。乱暴にはしない」

耳元で聞こえるリヒターの声が、ヴィオレッタの身体をいちいち甘く痺れさせる。

腹部をきつく締め上げていたコルセットの紐がほどかれ、上半身が露わになった。

ヴィオレッタが身悶えてうつ伏せになり、シーツに顔を押しつけていると、リヒターが背中に乗ってきて脇の下から手を差しこんでくる。そのままシーツとの隙間で潰されている乳房を包みこまれてしまった。

「あっ、あ……」

闇の中の愛撫。うなじに口づけられて、その感触に身震いする。

次はどこに触れられるのか、何をされてしまうのか、予測ができなくて恐れと不安がこみ上げてくるが、すぐに意識が散漫になった。というのも――。

「ヴィオレッタ」

ふくよかな胸を揉んでいるリヒターの声が耳を擽《くすぐ》る。先ほどよりも声色が柔らかくなって、どこか色っぽい。

「こんなものを、服の下に隠していたか。存分に暴いてやる」

リヒターの語尾が甘くなり、吐息交じりの囁きには色気がありすぎて羞恥を煽る。

ヴィオレッタは首をいやいやと横に振って、シーツをきつく握りしめた。

「っ……んっ、ん……」

リヒターの息遣いさえも肌を熱くするから、ヴィオレッタは唇を噛みしめて身を硬くした。ふるふると震えていたら、身体が軽くなって、不機嫌そうな声が降り注いだ。

「私に触れられるのは不快なようだな」

冷徹な声。苛立ちを押し殺した口調。リヒターは彼女の反応を見て、嫌がっていると思ったらしい。

不快に思うどころか、リヒターの声を聞いて身悶えそうになるのを必死に堪えていたなんて、とてもじゃないが言えなくて、ヴィオレッタは口を噤んだ。

リヒターが身を引き、乗っていた重みがなくなってベッドが軋む。

「もういい。やめた」

「え……」

「嫌がる妻を抱くつもりはない」

半裸のヴィオレッタに毛布を被せたリヒターの声が、遠くなっていった。彼は離れて行こうとしている。このままだと彼に誤解されたまま終わってしまう。

ヴィオレッタは起き上がると、リヒターのほうへ両手を伸ばした。引き留めようとしても指先は空を切るばかりで捉えられない。

ベッドのスプリングの音がした。リヒターの声が遠くで聞こえる。

「今夜はそこで寝ろ。私はソファで寝る」

ヴィオレッタは結婚を受け入れているし、心の準備もしてきた。ここで初夜を拒絶したと思われたら、今後の夫婦生活にも影響を及ぼしてしまう。

誤解は今すぐ解かなければいけないと、彼女は動揺でわななく口を開いた。

「……お、お待ちください……違うのです」

目の前の闇に向かって、ヴィオレッタは釈明を始める。

「嫌なのでは、なくて……あなたの声が……」

「声？」

「何と言いますか……リヒター様の声が、とても、素敵なので」

ヴィオレッタは自分の顔が熱くなっていくのを感じていた。こんなに恥ずかしいのは初めてだ。

「私は目が見えないぶん、音に敏感なので、耳元で囁かれるたびに驚いてしまって……ですから、触れられるのが嫌だったわけではなく、あなたのお声が耳に響いて、緊張してしまっただけなのです……申し訳ありません」

しばしの沈黙。リヒターの反応がない。

彼がどんな顔をして今の話を聞いていたのか知りたいという想いと、やはり見えなくて良かったという気持ちが混在している。ヴィオレッタが縮こまっていると、ベッドがギシッと音を立てた。

数秒後、頬に何かが触れたので肩が強張る。

「っ……」

「つまり、君は私の声に反応していたのか」

頬に触れているのは、リヒターの手だ。優しく撫でられている。彼の声からも冷たさが薄らいでいた。

ヴィオレッタがこくりと頷くと、リヒターの吐息が顔にかかり、そのまま耳の横へと移動していく。呼吸を止めるのと同時に、わざとらしく耳元で囁かれた。

「ヴィオレッタ」

「っ……！」

ぴくんと震えたら、そっと腕に包みこまれる。またしても名を呼ばれた。

「ヴィオレッタ」

「あっ……ん……」

「なるほどな」

ヴィオレッタの反応を確かめたリヒターが、納得したような口ぶりで呟いた。一旦、身を離した彼がもぞもぞと動いている。衣擦れの音がするから、衣服を脱いでいるのかもしれない。

「リヒター様……続きを、されるのですか？」

「ああ。気が変わった」

リヒターの声が接近してきて、ヴィオレッタの肩を押してベッドに沈めた。彼は先ほど自分でかけた毛布を剥《は》がすと、再びヴィオレッタの肌に触れ始める。

「はっ、あ……」

「他に隠していることはないだろうな?」

いやらしい手つきで乳房を揉まれ、先端をきゅっと摘まれたので、ヴィオレッタは思わず出そうになった声を堪える。

「んんっ……」

「不安に思うことでもいい。何かあれば言え、ほら」

「……いきなり、触れられると、驚きます……」

「触れる時は、言えばいいのか?」

「ええ……そうして、頂けると……は、んっ」

「分かった。……首を吸うぞ」

リヒターが胸を揉みしだきながら、ヴィオレッタの首筋に吸いついてきた。

何度も吸いつかれて、ちくり、ちくりと痛みが走る。

「……ふっ、はぁ……」

ヴィオレッタは熱い吐息を零し、リヒターの肩に触れた。素肌だったので、やはり彼は服を脱いで裸になったらしい。

筋肉質な腕を辿っていくと、肌がでこぼこしている。すぐに傷痕だと分かった。

これは一体、何の傷だろう。ヴィオレッタは不思議に思いながら指先で探索していく。もう一度、リヒターの肩まで手を滑らせると、そこから胸板に触れて、首から上へと動かしていった。

しかし、リヒターの顔に触れた瞬間、強い力で手首を掴まれる。

「顔に触るな」

はっきりと拒絶を示す、強い口調だった。ビクリと身体を震わせたら、リヒターが言い直す。

「私の顔には醜い傷がある。触れないほうがいい」

ヘーゲンブルグ侯爵は顔に傷があると、マルグリットやエリザベータが話していた。

傷には触れられたくないのだなと察したヴィオレッタは、大人しく手を引く。

「身体には、触れてもいいですか？」

「ああ。そこらじゅう、傷だらけだがな」

「一体、何があったのですか？」

「拷問を受けたんだ」

「拷問？」

「戦争中に敵の捕虜になった」

ガルドの英雄。そう呼ばれるリヒターが、瀕死の部下の身代わりになり敵に捕らえられた経験があるというのは、ヴィオレッタも知っていた。

「閨《ねや》で話す話題ではないな……ドレスを脱がすぞ」

リヒターがひと声かけて、ヴィオレッタのウェディングドレスを脱がしていき、ガーターベルトとソックスも足から抜いて生まれたままの姿にした。

「触れるぞ」

どこにとは言われなかったが、太腿に触れられたので先は予想できた。

ヴィオレッタの内腿にリヒターの指が這わされて、上に移動していく。思わず足を閉じてしまったが、リヒターの手が割りこんできて、膝を外側へ押しやった。

「足を開いていろ」

命令口調なのに柔らかい声だった。この声はずるい。抵抗の意思を削いでしまう。

ヴィオレッタは頬が熱くなるのを感じながら、手の甲を口元に添えると、自分の意思でゆっくりと足を開く。敏感な部分にリヒターの指が添えられて、入り口を探し始めた。

「あっ……はぁ……」

足の間で指が動く。媚肉を開かされて、奥へと挿しこまれた。体内に異物が入ってくる感触があり、ヴィオレッタは逃げるように腰を浮かせる。

しかし、リヒターが太腿を掴んで押さえこみ、愛撫を続行した。

「んっ、んん……」

ヴィオレッタは見えない目を天井に向けたまま、あえかな喘ぎを零す。

光のない闇の中で、くちゅくちゅと濡れた音が聞こえてきた。彼女の蜜口がリヒターの指を飲みこんでいく音だ。

「あぁっ……」

「君を抱く時は、ここを使う。指が入っているのが、分かるか?」

リヒターの声が上から降り注ぐ。彼女に覆いかぶさって反応を窺っているのだろう。

「……あ、うっ……は、いっ……」

「痛みはないな」

「……ない、です……」

見えなくても分かった。足の間でリヒターの指が出し入れされている。

ヴィオレッタの身体は濡れ始めて、彼の指が挿入されても、そこまで抵抗がない。

「は……はっ、は……」

呼吸が小刻みになっていく。身体の中心から熱がこみ上げてきて肌が火照った。

ヴィオレッタは両手を伸ばす。さ迷うように指先を泳がせていたら、リヒターがその手を取って引き寄せた。熱い肌に触れたので、手探りで太い首にしがみつく。

「リヒター様……」

隘路《あいろ》を愛撫しているリヒターの名を呼ぶと、至近距離で「口づけをする」と囁かれて唇が重なり合った。表面を触れ合わせていると口の中に彼の舌が入ってきて、ぬるぬると舐められる。

「あっ、ん……ん……」

リヒターがしてくれるキスは優しくて、甘い。マルグリットには怖い人だと忠告されて、エリザベータにも怖がらないでねと言われていたが、こうしてキスをしていると、何故怖い人だと言われるのだろうと不思議に思った。初めての行為だから不安はあるが、恐怖は薄らいでいる。

リヒターはヴィオレッタの要望を聞いて、身体に触れる時は声をかけてくれるし、彼の指先が彼女を傷つけることはない。そもそも睨まれると怖いだとか、人相が悪いとか言われても、見えないヴィオレッタには関係ないのだ。

だから、彼女はリヒターの言葉や触れ方で、どんな人なのか判断しようとする。

感じる花芽をピンッと弾かれたので、ヴィオレッタは肩を揺らした。

「あんっ……」

甘ったるい声が出てしまい、震える手で口を覆ったら、それも優しく退けられる。

「声を聞かせろ」

「は、うっ……」

またしても、耳の横でねだるように囁かれたために、ヴィオレッタは反射的に耳を押さえて無防備な声を上げていた。

「す、すみま、せ……」

「謝らなくていい」

何故か、リヒターの声は満足げに聞こえる。

そこから何度も戯れのように花芽を弄られて、彼女のお腹の奥はきゅんきゅんと締まって熱くなった。

じっくりと時間をかけて蜜口をほぐされ、蕩けてきた頃、リヒターが指を抜く。ぐったりとしているヴィオレッタを抱き寄せると、大きく足を横に開かせて中心に腰を据えてきた。

硬く丸みを帯びた先端で、先ほどまで指を入れられていた秘裂をぐりぐりとこすられるから、ヴィオレッタは黒髪を乱しながら首を振る。

「あぁっ……な、何……？」

「今から、身体を繋げる」

そう説明されても、何も見えないせいで不安が募り、ヴィオレッタは足を閉じようとするけれど、リヒターの身体が邪魔で動けない。

「最初は痛みがあるだろう。しかし、それを耐えれば慣れる。……いけるか？」

「……ええ、たぶん……」

「ならば、いくぞ」

リヒターが合図をして、腰をズッと押し入れてきた。蜜口に先端がめりこみ、奥へ奥へと穿《うが》たれていく。

強引に中を拡げられていくのは疼痛を伴ったが、ヴィオレッタは一言も苦痛を訴えることはせずに、目を閉じて身を委ねていた。

ズンッと胎《はら》の奥を突かれて、これで純潔を失ったのだと分かったところで、ヴィオレッタは息を大きく吐き出した。

「はぁっ……あぁ……」

隘路に穿たれた太い雄芯は熱を持っており、どくんどくんと脈打っている。

リヒターの熱い吐息が顔に降りかかった。

「動くぞ、ヴィオレッタ」

彼は息を荒くしながら、ヴィオレッタの太腿を掴んで、ゆるりと腰を揺らす。

純潔を奪った剛直が規則的に動き始めて、身体の奥をつついていった。

「あ、あっ、あぁ……はっ、あ……」

リヒターの動きに合わせて、ベッドが揺れている。ギシッ、ギシッと軋んでいて、そのたびにヴィオレッタの肢体は雄芯で突き上げられて跳ねた。

「リヒター様っ……ん、あっ……」

「……はっ……」

リヒターが彼女をマットレスに押さえつけると、荒い息遣いを耳に吹きかけてくる。

欲情しきった吐息がダイレクトに鼓膜へと伝わってきたので、ヴィオレッタは身震いしながらビクンッと震えた。彼を受け入れている隘路がきつく締まる。

「はぁっ、ああっ……」

「っ……ヴィオレッタ」

彼女の名前を呼ぶ、リヒターの声。

……ああ、やめて。この声は、だめなの。

雄芯で奥を穿たれながら、ヴィオレッタは首を何度も横に振って唇を震わせた。

「……だめっ……名前を……呼ば、ないで……」

「ヴィオレッタ……？」

こんなふうに掠れきった低い声で呼ばれたら、耳がおかしくなってしまう。

ヴィオレッタが嫌がっているのに、リヒターは逃がしてくれず、太腿を掴んで腰を深々と埋めてきた。その状態でぐりぐりと押し回されるので、勝手に嬌声が上がる。

「あぁんっ、ああ、あ……！」

暗く、闇に包まれた世界で、自分の喘ぎ声が響き渡る。

「口づけを」

リヒターがそう囁いて、ヴィオレッタのいたいけな唇を貪っていった。

お互いの肌をこすりつけながら、愛液に濡れた下半身を押しつけ合って官能の熱を追い上げていく。

「リヒター様っ……」

「はっ……ヴィオレッタ……」

軋むベッドの音、甘い吐息、名前を呼んでくれる彼の声——黒一色だった世界にチカチカと白いものが散る。

ああ、くる——と、予感した瞬間、リヒターがヴィオレッタの足を掴んで雄芯で深々と穿ってきた。

幾度も強く押し上げられて、花芽まで指で押し潰され、彼女も絶頂に至った。

「ふぁっ、あああっ……！」

身体が弓なりに反って、熱の奔流が全身を貫く。

震えるヴィオレッタの最奥に、勢いよく腰を叩きつけたリヒターが吐精する。びくびくと熱いものが放たれて、残滓《ざんし》までしっかりと注がれていった。

呻き声を上げていたリヒターが脱力してきたので、その重みでヴィオレッタはベッドに沈む。汗ばんだ彼の背中に腕を回して呼吸を整えているうちに、強烈な眠気に襲われて、ふっと意識が飛んでいた。


朝の訪れを告げる鳥の鳴き声が聞こえる。窓が開いているのか、心地よい朝の風を感じた。

ヴィオレッタは瞼を上げたが、朝だというのに世界は闇に包まれていた。いつものことだ。

誰かがヴィオレッタの髪を撫でている。とても優しい撫で方で、幼い頃に亡き母が頭を撫でてくれたことを思い出してしまう。

ヴィオレッタはシーツを手で探り、傍らに横たわる夫の身体に触れた。

「……おはよう、ございます」

寝起きのゆったりとした口調で声をかけると「おはよう」と短い返答があり、髪を撫でていた手が離れていく。

ヴィオレッタは寝る前の記憶を遡った。抱き合ったあと意識を失ってしまったのだ。

「申し訳ありません。昨夜は、寝てしまって」

「構わない。私も久しぶりに、ゆっくり寝た」

隣にいるリヒターとの間には微妙な距離があり、肌寒さに身震いしたヴィオレッタは温もりを求めるようにして彼のほうへ移動する。おそるおそる寄り添うと、リヒターが身を硬くしたのが分かったが、押しやられることはなかった。

「リヒター様。ありがとうございます」

ヴィオレッタは彼の温もりを感じながら、消え入りそうな声で礼を言う。

「何に対する礼だ？」

「私のような者を妻にしてくれたことです」

「礼など不要だ。私も妻が必要で、君を選んだだけだ」

「リヒター様は、どうして私を選んでくださったのですか？」

彼は侯爵で、気に入った女性を妻にできるだけの身分がある。だからこそ、ヴィオレッタには自分が選ばれた理由が分からないのだ。

数秒の沈黙があり、リヒターが淡々とした口調で答える。

「夜会で君を見て、妻に迎えたいと思った。ただ、それだけだ」

「もしかして……私を哀れとお思いになりましたの？」

夜会に出席すると、彼女は誰からも相手をされなくて壁の花になる時が多いのだ。同情で娶ったのだと言われたら、納得できてしまう。

「哀れと思わなかったと言えば嘘になる。君を無視したり、笑っている連中を見た時は怒りを感じた。だが、同情で妻に迎えたわけではない。不躾な連中に囲まれていても、君は真っ直ぐ顔を上げていただろう。そんな君に目を惹かれた」

目を惹かれたと、その言葉はじんわりとヴィオレッタの心にしみた。

「それに、君の――」

「私の？」

「……いや、今はやめておく。いずれ時が来たら話す」

リヒターが言いかけた台詞の先が気になったけれど、ヴィオレッタにはもう一つ気になっていたことがあったので、それを尋ねてみた。

「先ほどおっしゃっていた夜会とは、もしかしてハイデン公爵様の夜会でしょうか」

「そうだ」

「ということは、私が転んだ時に手を貸してくださったのは、やっぱりあなただったのですね。あの時に見初めてくださったのですか？」

「まぁ、そうだな。……手を貸したのが私だと、よく気づいたな」

「声で分かります。あなたは、あまり王都へいらっしゃらない方だと聞いていたので、どこで見初めてくださったのだろうと不思議だったのです。けれど、納得しました」

リヒターは社交界で爪はじきにされていたヴィオレッタを選んでくれた。

全てを諦めかけていた彼女に、結婚という新たな道をくれたのだ。

「私は、この通り目が見えず、今年で二十二歳になりました。もう結婚は諦めかけていて、屋敷にも居場所がなかったので……だから、リヒター様には本当に感謝しています」

「礼を言われることじゃない。君を迎えたのは、自分のためだ」

リヒターがぶっきらぼうな口調で言って、抱き寄せた。そのまま広い胸に包みこまれる。

ヴィオレッタは一瞬びくりと身を震わせたが、すぐに力を抜いた。

彼の口調や声色は素っ気なくて、表情も見えないというのに、このやり取りでヴィオレッタにも分かったことがあった。

「リヒター様は、お優しい方なのですね」

「何を馬鹿なことを」

リヒターの口調は冷たいのに、髪を撫でてくれる手は優しくて、彼女を包みこむ腕からは全てのものから守ってくれるような強さと包容力を感じた。

社交場に足を運んでも相手にされず、同年代の令嬢には幾度となく嫌がらせを受けてきたヴィオレッタは、容赦のない悪意と同情の入り交じる視線にさらされ続けてきた。

だから、彼女には分かるのだ。悪意のない態度と、同情とは違った好意を、見えなくても感じ取ることができる。

「私は優しくないし、君のために結婚したわけでもない。勘違いするな」

おかしいなと、ヴィオレッタは思う。この人は、こんなふうに突き放した言い方をするくせに、声色がとても柔らかいのだ。薄っぺらい同情の言葉よりも、ずっと心に響く。

やっぱり優しい人なのだと、そう確信した瞬間、ヴィオレッタは泣きたくなった。

あの事故から四年。母と兄を死なせてしまったのに、自分は生きていてもいいのだろうかと幾度も考えた。

しかし、ヴィオレッタにも人生を共にする夫ができた。彼の側にいれば、深く傷ついた心と、あの日から引きずり続けている罪悪感や悲しみにも、決着をつけられる日がくるかもしれない。

そう思ってしまうほどに、リヒターの腕の中は居心地がよかった。

第三章　その声で物語を紡いで

かれこれ二十分ほど、リヒターは二階の手すりに凭れて、玄関ホールへと続く大階段の上り下りを繰り返しているヴィオレッタを観察していた。

ヴィオレッタは手すりの位置を確認しながら、ゆっくりと階段を上っていく。段数を数える声が聞こえてきた。

「十四、十五……十六、十七……」

リヒターは手すりに頬杖をついて、彼女は根気があるなと感心する。

いつもヴィオレッタの後を付いて回っているエリザベータの姿はなくて、メイドのターニャもいない。一人で段数を覚えようとしている。

リヒターは口元をわずかに綻ばせて、彼女の邪魔はせずに観察を続ける。

式を挙げてから一週間が経過しているが、なかなか時間が取れなくてヴィオレッタとゆっくり話せていない。溜まっていた仕事をようやく片づけて様子を見に行こうとしたら、この状況を発見したわけである。

——もう結婚は諦めかけていて、屋敷にも居場所がなかったので……だから、リヒター様には本当に感謝しています。

ふと、ヴィオレッタが打ち明けてくれた話を思い出して、リヒターは笑みを消す。

夜会で見かけた時、彼女は全てを諦めたような達観した表情をしていた。自分の置かれた状況を誰よりも理解していたのは、彼女自身なのだろう。

だが、リヒターと結婚して、ヴィオレッタの気持ちにも変化が生じたようだ。

こうして自主的に行動している姿は好ましい。

「……いけない。ここは何段目だっけ」

あと数段で二階へ着くというところで、ヴィオレッタが戸惑いの声を上げた。踊り場から二階までの段数が分からなくなってしまったらしい。

ヴィオレッタが身を屈め、片方の手で段差を探ろうとしている姿を見るなり、リヒターは手すりから離れて彼女のもとへ向かう。

足音が聞こえたのか、ヴィオレッタが不思議そうに周りを見る仕草をした。

リヒターが階段の上から見下ろしていると、ヴィオレッタが首を傾げてから、ゆっくりと上がってきた。段差を探っている手が伸びてきたので、それを握りしめてやったら、小さな悲鳴が上がる。

「ひゃっ……だ、誰？」

「私だ」

「リヒター様？　ああ、驚きました……そこにいらっしゃったのですね」

随分前から君を見ていたとは言わずに、リヒターは彼女の手を取って、階段を上り終えるまでサポートした。

「秘密の特訓を見られてしまいましたね」

秘密の特訓と言う割には堂々としていたなと、リヒターは心の中で呟く。

何度か使用人も通り過ぎていたし、玄関ホールの階段なんて最も目立つ場所である。

「ターニャもトーマスに呼ばれて行ってしまったので、一人で特訓できると思ったのですが……いつから見ていたのですか？」

「ついさっきだ」

本当は二十分以上眺めていたが、リヒターが答えると、ヴィオレッタが首を傾げた。

「リヒター様。お忙しいようですが、お仕事は？」

「まとめて片づけたから、しばらく暇ができた」

「そうでしたか」

「ヴィオレッタ」

声をひそめて名を呼んだら、ヴィオレッタの背筋がピンと伸びる。

「今日は時間があるから、屋敷内や庭園を案内する。既にエリザベータが案内しているとは思うが」

「……ええ。お願いします」

「案内する時は、手を引けばいいのか」

「はい。段差がある時は教えてください」

「了解した」

少し考えたリヒターは、左手でヴィオレッタの手を握り、空いている右手を後ろから彼女の腰に回して添えた。社交場でエスコートするような格好になったが、これならば、転びそうになった時も抱き留めてやれる。

「階段を降りて一階を案内しよう」

声が聞き取りやすいように、身を屈めながらヴィオレッタの耳元で言うと、彼女が固まってしまった。徐々に頬が赤くなっていく。

「どうした?」

「あ、いいえ、何でもありません。階段を降りましょう」

ヴィオレッタが慌てたように相槌を打ち、階段を降り始めた。

リヒターは歩調を彼女に合わせながら、妻の横顔を見つめる。頬がやけに赤くなっていて、瞼も落ち着きなく瞬きを繰り返していた。

「ヴィオレッタ?」

「っ……」

囁くように名前を呼んだ瞬間、ヴィオレッタの肩が跳ねた。びっくりしたように目をパチパチさせている。何やら彼女の様子がおかしいが、その理由について、リヒターには心当たりがあった。

——リヒター様の声が、とても、素敵なので。

「ヴィオレッタ」

もう一度、名前を呼んでやったら、ヴィオレッタの頬がますます赤くなった。目に見えて狼狽している。

「何でしょうか、リヒター様」

「いや、何でもない」

リヒターは真顔で妻の横顔を凝視した。ヴィオレッタは彼の声を気に入っているのだ。そうでなければ、敏感に反応したり、こんなに頬を染めたりしない。

閨の中でも思ったが、随分と可愛らしい反応をするものだ。これは覚えておこう。

リヒターがそんなことを考えているとは知らないヴィオレッタは、恥ずかしそうに火照った顔を伏せていた。

◇

——ヴィオレッタ。

リヒターの声は、どうしてこんなにも胸の奥まで響くのだろう。

ヴィオレッタは戸惑いを覚えていた。先日、リヒターに屋敷を案内してもらった時にやたらと名前を呼ばれた。それから彼の声の響きが耳に残っていて、消えないのだ。

そっと耳朶《じだ》に触れていたら、エリザベータが膝の辺りを指でつついてくる。

「ねぇ、ヴィオレッタ。ほんとに、欲しいものはないの?」

その問いかけで、思考の海に浸っていたヴィオレッタは我に返った。

今日はエリザベータにねだられて、屋敷から馬車で一時間ほどかかる大きな街を訪れていた。石畳を走る馬車の車輪がガラガラと音を立てており、窓の向こうからは賑やかな街の喧騒が聞こえてくる。

「リヒター伯父様が、ヴィオレッタと一緒に、好きなものを買っていいって言ってくれたの。それなのに、仕立屋さんで要らないって言うんだもの」

「ドレスはたくさん持っているから、私はいいのよ。それよりも、エリザの気に入るドレスの生地があって良かった。屋敷に届くのが楽しみね」

「うん。三着も仕立ててもらったから、いつ着るか迷っちゃう」

エリザベータが、ませた口調で言う。

「だけど、やっぱりヴィオレッタもドレスを仕立ててもらうべきだったと思うの。それを着てリヒター伯父様に見せてあげればいいのに。きっとよろこぶもの。だって伯父様ったら、食事の時とかヴィオレッタをじーっと見ているのよ。ねぇ、ターニャ。あなたも気づいているでしょ」

エリザベータのお目付け役も兼ねて、ヴィオレッタの付き添いとして馬車に同乗しているターニャが、笑いの交じった声で答えた。

「エリザベータ様のおっしゃる通りだと思います。侯爵様はヴィオレッタ様を見つめていらっしゃることが多いかもしれません。特に、食事の時ですね」

「そうなの？　気づかなかったわ」

屋敷の生活に慣れてきて、ダイニングでリヒターやエリザベータと共に食事をとるようになったのだが、食器や料理の位置などをターニャに教えられながら食べるため、そちらにばかり集中していた。

エリザベータは早々に食事を終えて部屋に戻ってしまうが、リヒターは先に食べ終わっていても、ヴィオレッタが食べ終わるまで付き合ってくれるのだ。

見つめられているというのは、たぶんその時だろう。

「やっぱり、仕立屋さんに戻る？」

「戻らなくていいのよ。別の機会に、ドレスは仕立ててもらうから。エリザは、他に行きたいところはないの？」

「おいしいキャンディを売っているお店があるの。たまに、伯父様が買ってきてくれるのよ。わたし、そこに行きたい」

「じゃあ、そこへ行きましょう」

ゆったりと馬車を走らせている御者に行き先を告げて、しばらく揺られていたら、ターニャが声をひそめて言った。

「だいぶ空が曇ってきましたね。雨が降り出しそうです」

「えー？　雨はやだ。ぬれたくないな」

ヴィオレッタは窓に触れて顔を近づけた。ガラガラ。ざわざわ。聞こえてくるのは車輪の音と外の喧騒だけだ。雨は、まだ来ていない。

「エリザ。キャンディを買ったら、帰りましょう」

「うん、わかった。しょうがないよね」

ヴィオレッタの顔も空と同様に曇っていく。できれば雨が大降りになる前に帰りたい。

ほどなくして、目的の店の前で馬車が停まった。しかし、ドアを開けた途端、街の人々の声が耳に飛びこんでくる。

「ああ、まったく。雨が降ってきやがったな」

「降り方が強くなる前に帰ったほうがよさそうだ」

「ヴィオレッタ。早くお店に入ろう」

「あ、エリザ……」

エリザベータの声が遠ざかる。ヴィオレッタもターニャの手を借りて馬車を降りると、鼻に雨粒が当たった。降り始めた雨が石畳を打つ音がする。

ザアア。ザアア。徐々に雨脚が強くなり、音の間隔も短くなっていく。

店に入り、エリザベータの欲しがるキャンディを購入したものの、再び外に出たら雨は激しさを増していた。遠くのほうからゴロゴロという音も聞こえてくる。

ヴィオレッタはハッと息を呑んで身震いをした。この音は、雷だ。

「馬車はこっちだよ。ヴィオレッタ」

「足元にお気をつけください」

エリザベータとターニャの手を借りて馬車に戻ったが、傘もなく、移動の間で少し濡れてしまっていた。

屋敷に帰ろうと動き出した馬車の中で、ヴィオレッタは冷えた両手を握りしめる。

窓に雨粒が当たってパタパタと音を鳴らし、遠くでは獣の唸り声にも似た雷鳴が轟《とどろ》いている。ゴロゴロ、ピッシャン――その時、突如としてヴィオレッタの脳裏に、多くのものを失ったあの日の記憶が蘇ってきて、身体の震えが止まらなくなる。


――見たくないっ……何も、見たく、ないのっ……！


ドーンッ！　と、どこかで雷の落ちる音がした。

ヴィオレッタは恐ろしさのあまり声も出せなくなる。雨に打たれて身体は冷え、額には脂汗が滲んでいた。

雨と共にやってくる雷は、巨大な怪物が喉を鳴らしているかのような不穏な音を鳴らし続けている。ゴロゴロ、ドンッ、ドンッ。腹の奥まで響く音は、いともたやすく彼女を恐怖の沼底へと突き落とした。

また、私から大切なものを奪っていくつもりなの？

お願いだから、これ以上、何も奪わないで。

ヴィオレッタが自分を抱きしめながら、ぶるぶると震えていたら、エリザベータが心配そうに話しかけてくる。

「ヴィオレッタ、どうしたの？　大丈夫？」

「ヴィオレッタ様」

膝の上で握りしめている両手に、温かい手が乗せられた。おそらくターニャの手だ。

「大丈夫です。雨はじきにやみます」

「……はぁっ……はっ……」

「何も起きません。雷も遠くで鳴っているだけで、通り過ぎるはずです。ゆっくり呼吸をしてください」

ターニャの声を聞いているうちに、ヴィオレッタを襲ったパニックも収まっていく。

重ねられた手を握ろうとしたら、いつの間にかエリザベータの小さな手も乗せられている。二人の体温を分けてもらい、ヴィオレッタはようやく落ち着きを取り戻した。

「……ごめんなさい……もう、大丈夫よ」

弱々しい声で謝ると、ヴィオレッタはぎゅっと瞼を閉じる。

雨と雷は、あの日の記憶を連れてくる。

だから、恐ろしくて堪らないのだ。


屋敷に到着すると、エリザベータが手を握って一階のリビングにある暖炉の前まで連れて行ってくれる。暖炉には火が入っていて、近づくと暖かかった。

「温かい紅茶をお淹《い》れ致します。毛布もお持ち致しましょう」

執事のトーマスがそう言って、メイドにてきぱきと指示している。

「ここに座ってね、ヴィオレッタ。あったかいから」

「ええ。ありがとう」

「ねぇ、ヴィオレッタのおひざに乗ってもいい？」

ふかふかの絨毯に座ったヴィオレッタは頷いて、くっついてくるエリザベータを抱き寄せる。だいぶ懐いてくれたようで、最近はこうして甘えてくるようになった。

「ヴィオレッタ、馬車の中ではふるえていたけど、もう大丈夫なの？」

「大丈夫よ。驚かせてごめんね」

「ううん。雷がこわいの？」

「ええ。……昔、とても怖い思いをしたから」

エリザベータは、それ以上は尋ねてこない。メイドが持ってきてくれた毛布を肩にかけて、紅茶を飲みながら暖炉の火にあたって暖まっていると、ターニャの声がした。

「ヴィオレッタ様。暖まっている間はお暇かと思い、本をお持ちしました」

「わたしも、ご本を読んでほしい。ターニャ」

「はい。ヴィオレッタ様のお好きな童話がありましたので、読ませて頂きます」

ターニャが傍らに腰を下ろす気配があり、ゆっくりと読み始める。

「《それは、不思議な王国の物語です。その王国は一年中、季節が春のままで、あちこちに色とりどりの花が咲いていました。そして、王国には一人の王女様が住んでいました》」

ヴィオレッタは、熱心に耳を傾けているエリザベータの髪を撫でる。少女の髪は少し癖があり、毛先が緩くカールしていた。

エリザベータの温もりとターニャの静かな語りのお蔭で、先ほどの恐怖心が薄らいでくる。雨がやんで雷の音も聞こえなくなっており、ようやく心の平穏が戻ってきた。

身体がぬくぬくと暖まってきた頃、ドアのほうからトーマスの「閣下。奥様とエリザベータ様はこちらにおいでです」という声が聞こえてきて、カツカツと足音が近づいてくる。読み聞かせが中断して、エリザベータが明るい声を出した。

「あ、リヒター伯父様」

「お前たち、街へ行っていたのではなかったか」

「雨がふってきたから、帰ってきたの。ぬれちゃったから、あたたまっていたの」

「そうか。どうやら通り雨だったようだがな。……本を読んでいたのか？」

「はい。時間が空いた時は、いつもターニャに本の読み聞かせをしてもらうのです。自分では読めなくなってしまいましたから」

ヴィオレッタが説明すると、膝に乗っていたエリザベータが肩を叩いてくる。

「じゃあ、リヒター伯父様にも読んでもらうといいわ。前はよく、伯父様はわたしに絵本を読んでくれたの。ねぇ、リヒター伯父様。ヴィオレッタに読んであげて。わたしも、ききたい」

「…………」

「エリザ。お忙しい方なのだから、無理を言ってはダメよ。私はターニャに読んでもらうし、リヒター様のお手を煩わせるわけにはいかないわ」

リヒターが黙りこくってしまったので、ヴィオレッタがやんわりと窘《たしな》めたら、素っ気ない言葉が返ってくる。

「ああ、読み聞かせなどしない。そんな時間もない。そういうことは、メイドに頼め」

リヒターはそう言い捨てて、来た時よりも乱暴な足取りで部屋を出て行ってしまう。

「リヒター伯父様ったら、ちょっと怒っていたわ。あんなふうに怒るの、めずらしい」

「私の言い方が悪かったのかも」

「ヴィオレッタはわるくないと思う。わたしが、わがままを言ったせいだよ」

「どうかしら。あとでリヒター様には、私から話をしてみるわ。……ターニャ。続きをお願い」

ヴィオレッタは、沈んだ声で呟くエリザベータの背中をさすりながら、読み聞かせを再開してもらった。


その夜、ヴィオレッタはリヒターの部屋に呼ばれた。話があるとのことなので、昼間の件かもしれない。

深呼吸をして覚悟を決めたヴィオレッタがノックをすると、リヒターがドアを開けてくれて、彼女の手を引いてカウチまで案内していく。

「何か飲むか？」

「いえ、結構です。……私にお話とは、何でしょうか」

身を竦ませながら待っていたら、隣に腰を下ろしたリヒターが小声で訊いてきた。

「エリザと街へ行って、何も買わなかったのか」

予想を外れた質問だった。何も買わなかったと、どうして知っているのだろう——と、その疑問の答えはすぐに出た。

晩餐の席で、エリザベータが街へ行った時のことを事細かく話していたのだ。

「はい。特に入り用なものが無かったものですから」

「新しいドレスは？」

「家から持ってきたドレスがあります。もしかして、侯爵夫人らしいドレスを仕立ててもらうべきだったでしょうか。そこまでは思い至りませんでした」

「いや、君が不要ならば、仕立てる必要はないが……他に何か欲しいものや、望みはないのか？」

「特には思いつきません。私を屋敷に置いて頂けるだけでも、ありがたいことですから」

ヴィオレッタが恐縮しながら言うと、リヒターが大きく息を吐いた。

「君は遠慮しすぎだ」

「そうでしょうか。私のような者は……」

途中まで言いかけた唇に彼の指が置かれて、言葉の先を塞がれた。

「それ、やめろ」

「それ、とは？」

「私のような者、という言い方だ。自分を低く見ているようで気に入らない」

自分を低く見ている。言われてみれば、そうかもしれない。ヴィオレッタは目の見えなくなった自分を、周りの人々よりも劣ったものとして考えているから。

「君は私の妻になった。少しのわがままくらい、言ってもいい」

「わがまま……」

「ああ。……そういえば、昼間に読み聞かせがどうとか言っていたな」

リヒターの声が不意に硬さを帯びて、口調がぶっきらぼうになった。

「君が望むなら、気まぐれに読んでやらないこともない」

ヴィオレッタが瞼をぱちりとさせていたら、隣に座っていたリヒターの気配が離れた。足音が部屋の隅へと移動して、また戻ってくる。

「私の趣味は読書だ。たまたま、本も手元にある」

「本当に、読んでくださるのですか？」

「気が向いたからな。歴史書だから、少し小難しいかもしれないが」

「構いません。もともと本が好きですし、歴史にも興味があります」

隣から、紙を捲る音がする。ヴィオレッタは手を伸ばして、リヒターの腕に触れた。

すると逆に手を掴み返されて、ぐいと引っ張られる。

「よく聞こえるように、もっとこっちに来い」

「は、はい……」

肩を抱き寄せられて距離が急接近したので、ヴィオレッタは呼吸が止まりそうになる。

リヒターの肩に凭れるような体勢にされ、ページを捲る音がした。斜め上から彼の声が降り注ぐ。

「冒頭は、ガルド王国の建国神話だ。……《第一章、ガルド王国の建国。ガルド王国が建国に至るまでには、多くの戦いがあった。建国に尽力したのは、とある神だ。戦いを司《つかさど》り、人の心を尊んだ、その神の名を〝ガルド〟という。そしてガルド神から名を取り、この国はガルド王国と命名された》」

聞き惚れてしまいそうなハスキーボイスと、ゆったりとした速度で紡がれる建国神話。ガルド王国の民は幼い頃からこの神話を聞いて育つ。建国神話の大半は創作だと言われているが、今でもガルド神を信仰している王国民は多かった。

ヴィオレッタは嘆息して目を閉じると、心地よいリヒターの声に耳を預けた。

よく知る物語のはずなのに、リヒターが語るだけで別の物語に思えてくる。

「《ガルド神は国の統治の仕方を人の王に教えると、天に帰って行った。その教えを受けた王がガルド王国の初代国王であり、ガルド神の教えに則《のっと》って国を栄えさせた——》」

静まり返った室内にリヒターの語りはよく通る。初代国王の一編をすらすらと読み終えたリヒターが、ふと口を閉ざした。彼の紡ぎ出す神話の世界に浸っていたヴィオレッタも現実に引き戻される。

「ヴィオレッタ。寝たのか？」

「起きていますよ」

「目を閉じて動かないから、寝たかと思った」

ヴィオレッタはゆるりと首を振ると、彼の手元にある本へと触れた。

「続きを読んでくれませんか」

「構わないが、建国神話がそんなに面白かったのか」

「はい。あなたの声で紡がれた物語は、まるで別の物語のように聞こえました」

すると、凭れていたリヒターの肩が小さく揺れる。くっくっと小さく喉を鳴らす音がした。もしかしたら、彼は笑っているのだろうか。

「随分と、私の声を気に入っているんだな」

「……リヒター様の声は、とても聞き取りやすいので」

「以前も、そのようなことを言っていたな。私の声が、耳によく響くと」

「……え、ええ」

彼のような美声の持ち主には初めて会った。ヴィオレッタ好みの低音で、少し掠れているところも大人の色気があってセクシーなのだ。

ヴィオレッタが顔を伏せていたら、またしてもリヒターが肩を揺らす。くぐもったような笑い声すら、素敵だなと思ってしまう。

ああ、どうしよう。私ったら、彼の声が大好きなのね。

ドキドキしている胸に手を当てていたら、リヒターの手が肩に置かれた。ぐっと抱き寄せられたために、更に距離が近くなる。

「ヴィオレッタ」

リヒターが耳に口を寄せて、吐息交じりに名を呼んできた。ついでに、ふぅーっと息を吹きかけられて、頭の芯が痺れるような感覚に襲われたヴィオレッタは「ひゃんっ」と声を出し、慌てて耳を押さえる。

「な、何をなさるのですかっ……」

赤面したヴィオレッタは、息を吹きかけられた耳を両手で隠しながら仰け反った。

「リヒター様。いま、耳にふぅーってしましたね」

「してない」

「嘘をおっしゃらないで。わざと息を吹きかけたでしょう」

「わざとしたという証拠はあるのか？」

「それは、ありませんけど」

「だったら、言いがかりはよせ」

「言いがかりだなんて……」

「続きを読むぞ」

本のページが捲られる音。ヴィオレッタは耳から手を離して、リヒターの紡ぐ物語に集中しようとするが、耳に吐息を感じたので身体に震えが走る。

「《第二章、ガルド王国の繁栄。初代国王の統治下で、ガルド王国は大国への一歩を踏み出した。天へと戻ったガルド神に見守られながら、農民は畑を耕し、商人は交易を広めて、国土は豊かになっていった》」

耳の真横、それこそ呼吸をしただけで彼の呼気を感じるほどの距離で、リヒターが文章を読み上げている。

ヴィオレッタは氷像のように凍りついて、彼の声に意識を奪われていた。

「《こうしてガルド王国の礎が築かれ、初代国王がとった数々の賢策は今も王国を支え続けている》」

「リヒター様。声が、近くて……」

「《そして、ガルド神は王都の大神殿に祀《まつ》られており、今もガルド王国を天上から見守っていると言われている》」

「っ、そんなに耳元で、お話しにならないで」

ヴィオレッタは熱い頬を伏せながら、カウチの端に寄ろうとする。

すると、パタンと本を閉じる音がして、リヒターに抱き寄せられてしまった。

「気が変わった。読み聞かせは後でする」

「後でって……」

「口づけを、ヴィオレッタ」

「あっ、む……」

顎を取られて、リヒターが唇を奪っていく。突然のキスに混乱していたら、胸元に手を添えられた。

「んっ、ん……リヒターさ、ま……っ」

覆いかぶさってきたリヒターが、ヴィオレッタの頬に手を添えて固定しながら唇を啄《ついば》んでくる。口内に挿しこまれた舌が、言葉を奪うように彼女の舌を絡め取った。

「は……ふ……」

「首を吸うぞ」

宣言通り、首筋を温かい息が撫でていき、軽く吸われてチクリと痛みが走る。

背中からカウチに倒されたヴィオレッタは力を抜いて、上に乗ってきたリヒターの背中へと腕を回した。

彼女の首にキスマークを散らしていたリヒターが、許可を求めてくる。

「君の反応を見ていたら、抱きたくなった。いいか？」

夜の営みへと誘われ、ヴィオレッタは息を止める。初夜のあと、リヒターには一度も抱かれていない。夜になっても部屋には呼ばれず、彼も訪ねてこなかった。

だから、初めて肌を重ねた時に何か失敗してしまったのではないかと、ヴィオレッタは密かに不安を抱いていたのだ。

「あなたの、お好きなように」

夫の望みを断わる理由はない。蚊の鳴くような声で応じれば、またキスをされた。

それは舌を絡める濃密なものではなく、互いの鼻の頭をこすりつけたり、何度も唇を触れ合わせるだけの接吻だ。

ヴィオレッタはリヒターの背中にしがみついていた両手を、彼の首に移動させる。

彼がくれる甘やかなキスは、ヴィオレッタの心をとろとろに溶かしてしまう。

「君はまだ二度目だ。不快感もあるだろう。嫌だと思ったら、すぐに言え」

リヒターが首筋に顔を埋めたまま喋るから、彼の声は少し籠もって聞こえる。

ヴィオレッタは瞼を伏せると、手で口元を押さえた。

「……お優しいのですね」

「何?」

「私を、気遣ってくださっているのでしょう。あなたはもう夫なのですから、お好きになさればいいのに」

「…………」

「もしかして、しばらく私をお呼びにならなかったのも、私の身体を思って……」

「仕事が忙しくて、夜に時間が取れなかっただけだ。別に君のためじゃない」

リヒターの声色には棘があるけれど、わざとツンケンしているみたいに聞こえた。

彼はヴィオレッタの腰を撫でて、指先を下へと滑らせていく。寝る支度をしてから来たので、ヴィオレッタはシルクのネグリジェの上からショールを纏っただけの格好だ。

「足に触れるぞ」

ネグリジェの裾を持ち上げられて素足に触れられる。ネグリジェの下にはドロワーズを穿《は》いていない。ガルド王国では、寝る時に下着をつけない習慣があるからだ。

太腿まで這い上がってきた指の動きに気を取られていたら、耳朶を甘噛みされた。

「はっ、あ……」

「ヴィオレッタ」

「んんっ……そこでは、喋らないで……」

耳朶を噛まれて、舐《ねぶ》られる。ぞくぞくとした痺れが全身に行き渡り、ヴィオレッタが掠れた吐息を零せば、それごと食べるように唇を塞がれた。

「ふ、ぁ……は……リヒター様……」

舌を絡めるキスに陶然としていると、太腿を撫でていた手が明確な意図をもって動き始める。髪の色と同じ、黒い茂みをかき分けた長い指が媚肉に触れてきた。

「んっ、そこは……」

「ここを使う。覚えているな」

「……は、い」

「指でほぐしてやろう」

情欲を孕《はら》んだ美声で説明されると、ヴィオレッタはもじもじと腰を揺らしてしまう。

下半身に気を取られていたら、今度は胸をまさぐられたので驚く。

「……リヒター様……触る時は、言って、ください……」

「ああ、そうだったな」

手触りのいいネグリジェの上から揉まれているうちに、先端がツンと尖っていくのを感じる。その頂《いただき》を、シルクの布越しに指で摘まれてしまう。

「先が尖ってきたぞ、ほら」

「あっ、ん……」

愛撫に性急さはない。たっぷりと時間をかけて身体を拓かれていく。

一つ一つ、どこに触れるのか言葉で説明されながら、ヴィオレッタは夫を受け入れる準備をさせられていった。


ヴィオレッタの太腿を掴んで腰を揺すっていたリヒターが、呻き声を上げて最奥を突いてくる。胎の奥で弾ける飛沫を感じながら、ヴィオレッタは小刻みに震えた。

二人分の体重を受け止めていたカウチの脚が、ギギッと鳴る。

「はぁ……あぁ……」

ヴィオレッタはカウチに身を投げ出して、重たい瞼を開けたり閉じたりした。

視界は真っ暗なはずなのに、リヒターに肌を撫でられていると、心地よい熱の波に攫《さら》われて目の前が閃光《せんこう》でチカチカすることがある――と言っても、実際に光は感じていないので、あくまで〝チカチカしているような錯覚〟に陥っているだけだ。

ヴィオレッタが朦朧としていたら、ゆるゆると腰を揺すって彼女の中に残滓まで注いでいたリヒターがゆっくりと身を引いた。挿入時に痛みはなかったので、出ていく時も抵抗はなかった。

「ベッドへ行く。抱き上げるぞ」

リヒターの腕が巻きついてきて身体が浮いた。ヴィオレッタは彼の首に抱きついて、大人しく運ばれていく。柔らかくて弾力のあるマットレスにやや乱暴に投げ落とされ、彼女は緩やかに弾むベッドの上で目をパチパチさせた。

リヒターの唸り声が聞こえてくる。

「ああ、まったく。熱が冷めない」

「リヒター様？」

「君はそこを動くな」

バサバサッ、と何かが床に落ちる音がする。たぶん、リヒターが服を脱いでいるのだ。

ちなみにヴィオレッタは、とっくにネグリジェを脱がされて裸にされている。

夫が動く音に耳を澄ませながら、肌寒さを覚えた彼女は周りを手で探った。綺麗にベッドメイクされたベッドの上を、両手を動かしながらもぞもぞと移動し、毛布の端を見つけたので引っ張った。

暖かい場所を求めて毛布の中へもぐりこもうとしたら、どこからか伸びてきた手によって足首を掴まれた。

「動くなと言ったろう。何をもぞもぞと移動している」

「少し寒くて……毛布の中に、入りたいのです」

「寒さなど、すぐに気にならなくなる」

足を引っ張られて、元の位置まで戻される。

ヴィオレッタがリヒターを探して両手を伸ばしたら、すぐに見つかった。筋肉質な身体に自分から腕を巻きつけると、顔に微風を感じる。彼の息遣いだ。

あ、キスをされる……その予感が、数秒後に現実のものとなった。

リヒターと唇を重ねながら、ヴィオレッタの身体が後ろへ傾いでいく。ベッドに沈むように押し倒されて、すぐさま夫がのしかかってきた。

「もう一度、君を抱く」

足を開かされて、リヒターの腰が割りこんでくる。先ほどまで、雄々しい剛直を受け入れていた蜜口に硬いものが押し当てられた。

「もう一度、ですか……」

「ああ」

リヒターが雄芯の先で蜜口をぐりぐりと刺激しながら、汗ばんだ手で彼女の平らな下腹部を撫でていく。

「この奥に、また種を注いでやろう」

「っ、ん……そんな、言い方……やめてください」

種を注ぐなんて、ひどくいやらしい響きだ。しかも、彼がわざとらしく耳の近くで囁いてくるから、その美声に反応してお腹の奥がきゅんっと締まった。

「はっ……」

「ヴィオレッタ……」

「っ……んん……やっ……名前を、呼ばないで……」

欲情しているのか、リヒターの声はいつも以上に低く、掠れていた。そんな声で名前を呼ばれたら反応してしまう。

ヴィオレッタが震える手で耳を押さえたら、その手をそっと退かされる。

「どうして君の名前を呼んではいけないんだ。ヴィオレッタ」

「あ、うっ……」

「理由を教えてくれないと」

「リヒター様……分かって、いらっしゃるでしょう……」

「君が、私の声に反応してしまうことをか？」

「っ……ご存じなのに、わざと……」

「さてな。わざとやっているつもりはないが」

ふぅーっと耳に息を吹きかけられ、ヴィオレッタはピクンと跳ねて甘い声を上げた。

「あぁんっ…………い、今のは……」

淫らな声が出てしまったことにびっくりして、両手で口を塞いだら、押し殺した笑い声が降ってくる。足の間にあるリヒターの身体が小刻みに揺れていた。

「耳に息を吹きかけるのは、反則です」

「さて、何も聞こえないな」

「そのように、聞こえないふりをして……あなたは、ずるいです」

彼の声の調子からも揶揄《からか》われているのは分かっているが、ヴィオレッタはついつい言い返してしまう。

「リヒター様……耳にふぅーっていうのは、もうしないでくださいね」

「分かった、分かった」

リヒターが相槌を打って、くしゃくしゃと髪を撫でてくるけれど、これは明らかに聞き流している。ヴィオレッタは彼の顔があると思われる場所に視線を向けつつ、困ったように目尻を下げた。文句を言いたかったが、どうにか言葉を呑みこむ。

ヴィオレッタは大人しい性格だ。口答えもしないし、積極的に話しかけるよりも、穏やかな表情で誰かの話を聞いているタイプだ。

そういう気性だから、夫になったリヒターとも遠慮がちに接しているけれど、こんなふうに情事中に揶揄われるなんて想像もしていなかったので、すっかり心をかき乱されていた。思わず、言い返してしまうほどに。

男根の先でこすられて蜜液を垂らしながらひくついている秘裂へと、リヒターが指を押し入れてくる。その拍子に、とぷりと何かが溢れた感触があった。

「先ほど抱き合った時のものが、奥で混じり合って、すごいことになっているぞ」

リヒターが指を緩やかに動かすと、くちゅくちゅと濡れた音が聞こえてくる。

「あっ、あ、あ……」

女体で最も感じる肉芽も弄られるから、ヴィオレッタはこみ上げる快楽に堪らず、踵《かかと》で毛布を蹴った。

「は、ふっ……あぁっ、あ」

ヴィオレッタは肩で息をしながら目を閉じて、官能の海に身を投じた。

リヒターの愛撫は気持ちがよかった。この行為はわざわざ目で見る必要もないし、肌を押し付け合うだけで感じることができる。

焦らすように隘路を指でこすりたてられて、ふくよかな胸を揉みしだかれる。

乳房と下半身の両方から刺激を受け、ヴィオレッタの四肢が強張った。気持ちのいい大波が襲ってきて、あっという間に飲みこまれた。

「あぁっ、あ……！」

ヴィオレッタが色っぽく肢体を反らせて達すると、呼吸も整わないうちに両足を大きく開かされて、硬く張り詰めた熱杭が蜜口にめりこんでくる。

「いくぞ、ヴィオレッタ」

その声かけの直後、リヒターが一気に最奥まで突き上げてきた。

「あぁあんっ……」

蜜壺の奥まで犯されて、はしたない嬌声が室内に響き渡る。

間を置かずに、リヒターが腰を揺すり始めた。彼女の収斂《しゅうれん》する隘路へと、何度も雄芯が突きこまれて、身体ががくがくと揺さぶられる。

「んっ、あぁ……あっ、リヒター様っ……」

ヴィオレッタは、眼前に広がる闇に向かって両手を伸ばした。温もりを欲して伸ばした先には逞《たくま》しい彼の肉体があり、そのまま縋るように自分のほうへと引き寄せる。

淫らに絡み合う二人の下で、ベッドがギシギシと鳴っていた。

荒い息遣いでヴィオレッタを組み敷いていたリヒターが、口を半開きにして喘いでいる彼女の頬にちゅっとキスをして抱える。そのまま起き上がった。

ヴィオレッタは彼の腰に乗せられて、今度は真下から雄芯を穿たれた。対面で抱きかかえられている体位だから、一気に密着度が増す。

「リヒター様……はぁっ、は……」

顔に触るなと叱られたことも忘れて、ヴィオレッタはリヒターの頬に手を添えると、指先で唇を探り当てて自分からキスを求めた。

「っ……ヴィオレッタ……顔は、やめろ」

リヒターが嫌がるように首を振ったので、夢中になっていたヴィオレッタは我に返って手を離す。

小声で「ごめんなさい」と謝り、しゅんとしていたら、リヒターが彼女の背中を撫でてくれた。

「怒ったわけじゃない……あまり、触られたくないだけだ」

「……はい……気をつけます」

「まぁ、気をつける余裕があったら、でいい」

そう言ってくれるリヒターの声は柔らかかった。さっきまで恥ずかしい言葉で揶揄っていたのに、こういう時は優しい。

ヴィオレッタは頷き、彼の首にしがみついて心地よい揺れに身を任せる。

自重によって根元まで穿たれた雄芯が、お腹の奥で脈打っていた。

「……あぁ、あっ……リヒター様っ……」

「ん？」

「これは……いつも、こんなに……気持ちの、いい……もの、なのですか……？」

これが子供を作る行為であり、妻としての義務であることは理解している。もっと粛々と行なわれるものだと思っていたのに、彼の一部を体内に受け入れて奥を突かれるだけで快感を覚えるのだ。

「ああ、そうだ……ヴィオレッタ」

耳の真横でリヒターが喋るから、その声がダイレクトに鼓膜を震わせて、雄芯が行き来している隘路を締めつけてしまった。

「っ、は……本当に、君は……私の声が、好きなんだな」

今の反応が、自分の声の影響だと気づいたらしく、リヒターがくつくつと笑っている。

ヴィオレッタは返す言葉もなく、唇をきつく噛みしめながら揺れに耐えた。

「んっ、んっ……ふっ……」

「私としても、悪い気はしないが……声だけ、か？」

「……え？」

光の欠片も射さない真っ暗闇に、リヒターの真剣な問いかけが落とされた。

「ヴィオレッタ……君が気に入ったのは、私の声だけなのか？」

気に入ったのは、リヒターの声だけ？

ヴィオレッタは彼にしがみつく腕に力を入れて、顔をくしゃくしゃにした。

彼女はリヒターに望まれて妻となった。ヴィオレッタ自身も、己の義務として求婚を受け入れた。

そこにヴィオレッタの感情は介在していない。

だから、リヒターをどう思っているのかという点については——ヴィオレッタにも分からなかった。彼には感謝しているし、優しい人という印象を抱いている。だが、夫婦になったばかりで、お互いに知らないことがたくさんある。

「……まだ……わかり、ません……」

確かなのは、二人で裸になって親密な時間を過ごし、キスを交わすことに抵抗はないということだけだ。

ヴィオレッタの弱々しい返答を聞いて、リヒターは口で答える代わりに、ぽんぽんと頭を撫でてくれた。彼はそれきり口を噤むと、ヴィオレッタの臀部を掴んで勢いよく引き下ろす。

「あぁ……あっ、あ……」

勢いを増したリヒターの雄芯が、何度も奥をつついてくる。

ヴィオレッタは背中を反らせて甘い声を響かせる。大きな熱のうねりに襲われていた。

腰を強く打ちつけたリヒターが最奥目がけて熱い飛沫を放つのと同時に、ヴィオレッタも快楽の果てに押し上げられて、気を失っていた。

◇

ベッドのヘッドボードと背中の間にクッションを入れて凭れかかりながら、リヒターはヴィオレッタに読み聞かせをしていた。

ついさっきまで身体を重ねていたので、ヴィオレッタは眠たそうに目をこすっているけれど、彼の声に耳を澄ませているようだ。

リヒターはサイドテーブルに置かれたランプの明かりを頼りに、文章を目で追う。建国神話から章を飛ばし、現在のガルド王国について書かれた部分を読んでいるところだ。

「《――長年、続いてきた戦争も平和協定によって終止符が打たれ、現在のガルド王国は独立国家となった。周辺諸国との関係も良好である》」

ゆっくりと読み上げながら本のページを捲ると、見開きでガルド王国と周辺諸国との位置関係が記された地図が現れる。彼女は見ることができない。

リヒターが地図を飛ばして、また一枚ページを捲ったら、ヴィオレッタの白い手が伸びてきて本に置かれた。

「今、ページを飛ばしましたか？」

「ああ。見開きで地図だけだった」

ヴィオレッタが納得したように手を引っこめる。

リヒターは横目で妻を見下ろした。彼女の繊細な顔立ちに表情はない。ガラス玉のように透き通ったブルーの瞳は虚空を見つめている。目が乾くのを防ぐためか、一定の間隔で瞬きをしていて、そのたびに長い睫毛が色白の肌に影を作った。

リヒターはヴィオレッタと顔を合わせるたびに、その表情や仕草を観察していた。

彼女は物静かな印象を受ける女性だが、意外にも感情が顔に出やすい。白い頬はすぐ朱色に染まり、困った時は目尻が下がり、落ちこんだ時は表情が曇る。

そのくせ自分の願望を胸の中に押しこんで、表に出さないのが上手だった。

何も欲さず、一歩引いたところから感謝を告げてくる。それ以上は前に出てこない。

昼間の件もそうだった。読み聞かせをしてとねだるエリザベータを窘めた時だ。

——お忙しい方なのだから、無理を言ってはダメよ。私はターニャに読んでもらうし、リヒター様のお手を煩わせるわけにはいかないわ。

読み聞かせくらいなら、してやってもいい。そう言おうとしたリヒターは、それで言葉を呑みこんだのだ。

ヴィオレッタは何も望まない。気が利いて慎ましく、大人しい妻であろうとしている。

それが、リヒターは気に入らないのだ。彼女が自分を殺しているような気がしてならなくて……極めつけは、あの台詞だ。

——私のような者は……。

自分の存在を低く見ている者が口にする、常套句《じょうとうく》だ。

確かに、目が見えないことはハンデとなるかもしれないが、彼女は人の手を借りながらも、しっかりと日常生活をこなしている。自分を低く見る必要はないし、自信を持ってもいいのだと言ってやりかった。

しかし、ヴィオレッタが一歩引いてしまうことには、別の理由もあるのかもしれないなと思うこともある。たとえば四年前の出来事など。

馬車の滑落事故に遭った時、ヴィオレッタは一人だけ生き残った。母と兄を目の前で亡くした精神的なショックで視力を失ったらしい。

突発的な事故で親しい人を亡くし、生き残ってしまった者というのは、えてして罪悪感を抱く場合がある。それはリヒターにも身に覚えがあることだった。

戦場で同じ釜の飯を食らい、昨日まで笑い合っていた友人が目の前で死に、自分だけが生き残ってしまったという罪悪感や悲哀は、息ができなくなるほどつらいものだ。

これはエドガーの葬儀の時にクラウスから聞いた話だが、ヴィオレッタが現場で発見された時、彼女は母の亡骸を抱きしめて泣きじゃくっていたらしい。事故があったのは激しい雷雨の夜で、彼女は凍えた身体を震わせながら、救助の者が保護しようとしても母の亡骸から離れようとしなかったと。

心の傷の深さは、本人でなければ分からない。外側からは癒えたように見えても、内側はボロボロに切り裂かれていて、血を流し続けていることもある。

ヴィオレッタは、どうなのだろうか。彼女の光を失った瞳は一点を見つめていて、感情の揺らぎは微塵も感じ取れない。

「リヒター様……もしかして、寝てしまったのですか?」

いつまでもリヒターが黙っていたせいか、ヴィオレッタが顔をこちらに向けてくる。彼女の眼はリヒターを射貫いているはずなのに、焦点がズレていて視線は絡まない。

リヒターが無言で見つめていたら、ヴィオレッタが戸惑ったように首を傾げた。

「リヒター様？」

ヴィオレッタが、おそるおそるといった様子で両手を伸ばしてくる。まず肩に触れて、首筋を辿りながら顎へと至った。

一瞬、リヒターは身を引きそうになったが、どうにかその場に留まる。

「反応がないわ。やっぱり、寝てしまったのかしら」

ヴィオレッタの躊躇いがちな指が輪郭をなぞっていき、そこから上のほうへと移動して唇の辺りを探った。

「寝ているのなら……少しだけ」

リヒターが口を真一文字に引き結んでいると、ヴィオレッタが人差し指で彼の唇をなぞっていく。

そして、彼女の乏しかった表情が柔らかく綻んだ。

「唇が、きゅってしてる。頑固そう」

ヴィオレッタが笑うのを、初めて見た。

食い入るようにヴィオレッタの微笑を見つめていたら、彼女の指が唇から鼻筋へと移動してきた。

鼻の高さを確かめるように撫でて、指先が頬へ滑らされる。

リヒターは反射的に顔を背けそうになったが、ぐっと堪えた。ここで拒絶してしまったら、もう

ヴィオレッタの笑顔が見られなくなりそうな気がしたからだ。

細い指先がリヒターの顔にある醜い裂傷の痕を見つけたらしく、はたと動きが止まる。

リヒターは柄にもなく、自分が緊張しているのを感じた。顔の傷を誰かに触れさせるのは初めてで、ましてや相手が女性だなんて、少し前の自分なら想像もしなかったはずだ。

怖がって目を逸らす令嬢たちの反応を思い出し、ヴィオレッタも同じ反応をするかもしれないと予感しながら、すぐそこにある彼女の顔を見つめる。

ヴィオレッタは蒼玉《ブルーストーン》のような美しい瞳を瞬かせていたが、やがて労わるように頬の傷に手の平を添えてきた。目を細める仕草をして、身を乗り出してくる。

何をされるか予測もできず、リヒターが近づいてくる彼女の顔を見つめていたら、傷の上に柔らかいものが押し当てられた。

「とても勇敢な方なのね」

ヴィオレッタが頬にキスをして、声量を落としながら囁く。

息を呑んだリヒターが固まっていると、彼女は寝るつもりらしく、腰の辺りにある毛布の端を引っ張っている。小声で何かをぶつぶつと呟いていた。

「身体も傷だらけだもの。拷問を受けたと言っていたわ。部下の代わりに、敵に捕らえられたって聞いたことがあるけれど、普通は身代わりになんてなれない。仲間想いで、勇敢な方なのね」

ヴィオレッタが独り言を口にしながら、首元まで引っ張った毛布をリヒターにもかけようとしているが、クッションに凭れている彼の首まで届かない。

「横にしてあげたほうがいいかしら……リヒター様」

軽く揺すられても反応せずにいると、ヴィオレッタが起き上がって腕を引いてくる。

リヒターは彼女に導かれるまま横たわった。隣に寝転がったヴィオレッタは無防備に欠伸《あくび》をして腕の中にもぐりこんできた。

「おやすみなさい」

リヒターの腕を枕にしたヴィオレッタが、子猫みたいに身を丸くして目を閉じる。ほどなくして、すやすやと寝息が聞こえ始めた。

リヒターは妻の寝顔を凝視してから、毛布をかけ直してやる。

——とても勇敢な方なのね。

それは鈴の音を鳴らしたように胸の奥で反響していった。怖がるのではなく、同情するわけでもなく、彼の傷を勇敢だと褒めてくれたのだ。

「女性に、そんなふうに言われたのは初めてだ」

大抵は怖がるのに。目が見えなくても、指先で触れれば傷の深さが分かるはずだ。

リヒターはヴィオレッタを腕の中に閉じこめた。

うまく言葉にならない感情がこみ上げてきて、とにかく今はヴィオレッタを抱きしめなくてはならないと思った。

リヒターは桃色に染まった彼女の頬に先ほどもらったキスのお返しをして、赤くなった顔を覆う。

「……ああ、まったく」

ヴィオレッタがくれた言葉が嬉しくて、顔が緩んでしまうなんて、自分らしくない。

第四章　虹が出るまで雨宿り

夜、ターニャを下がらせてベッドに入った時だった。コンコンと控えめなノックの音がした。

『ヴィオレッタ、エリザだよ。お部屋に入っていい？』

「ええ。どうぞ」

起き上がって返事をしたら、ギイイとドアが開いて軽やかな足音が近づいてくる。

「こんな時間に、どうしたの？」

「リヒター伯父様が、お部屋にいなかったの。だから、ヴィオレッタのところに来たの」

「リヒター様は、今夜は遅くまで書斎でお仕事をなさるそうよ」

「うん……あのね、伯父様とヴィオレッタは結婚したばかりだから、あんまりお部屋に行っちゃいけないなって、わかっていたんだけど」

エリザベータの声が小さくなっていく。

「お母様が死んじゃったときの、夢をみたの。すごくかなしくなって……一緒に、ねてほしいの」

少女がくすんと洟《はな》を啜《すす》ったので、ヴィオレッタはベッドの上から手を差し伸べた。

「おいで、エリザ」

「……うん」

エリザベータがベッドに入ってきて、横たわるヴィオレッタにくっついてくる。

「前はね、こわい夢をみたときは、よくリヒター伯父様が一緒にねてくれたの……わたしがねるまで、ずっと抱っこしてくれた」

ヴィオレッタが話を聞きながら、あやすように髪を撫でてやっていたら、エリザベータが嗚咽《おえつ》を漏らし始めた。

「お母様にあいたい……お父様にも、あいたい」

「エリザのお父様って……」

エリザベータの母親が病気で亡くなったのは知っているが、父親はどうしたのだろう。

その疑問には、エリザベータが答えてくれた。

「お父様はね……わたしが赤ちゃんだったころに、せんそうで死んじゃったの」

戦争で死んだ。そういうことかと納得して、エリザベータを抱きしめる。

「うっ……ううっ……お母様……お父様……」

ヴィオレッタは両親を恋しがって泣く少女に寄り添いながら、小さな吐息をついた。

大好きだった母と兄をいっぺんに亡くして哀しみに暮れていた頃の自分と、泣いているエリザベータが重なった。

四年前の事故の直後、ヴィオレッタは廃人のようになっていた。

二人を失った喪失感と哀しみは計り知れず、一人だけ生き残ってしまったことにも深い罪悪感を抱いて、心身ともにボロボロになったのだ。

あの頃のヴィオレッタは生きながら死んでいたも同然だった。

しかし、そんな彼女のもとに一通の手紙が届いた。差出人の名前は明記されておらず、文章中に【私はエドガーの古い友人です】とだけ書かれており、ヴィオレッタの状況を知って送ってくれたようだった。

手紙は妹のマルグリットが読んでくれた。力強い励ましの言葉に心を打たれて、涙が止まらなかったことを覚えている。その後も手紙は何通か届いて、ヴィオレッタは励まされながら徐々に元気を取り戻していった。

あれから四年という歳月が流れて、今のヴィオレッタは、表面上は事故に遭う前の彼女とほとんど変わりなかった。父やマルグリットの支えと、あの手紙のお蔭だろう。

誰かの励ましの言葉や、さりげない思いやりが生きる活力になることもある。

それをヴィオレッタは身をもって体感していた。たとえ心の傷が完全に癒えていなくとも、以前のようにふるまうことはできるようになっていたから。

泣き疲れて眠ってしまったエリザベータの温もりを感じながら、ヴィオレッタも目を閉じた。瞼を閉じても、真っ暗闇。開けても、真っ暗闇。

〝何も見たくない〟と望んだ彼女の世界は、あの頃から光を失ったままだ。

ヴィオレッタは寝る支度をして、自室のカウチに腰かけていた。先ほど部屋を訪ねてきたリヒターの足音が正面で止まる。頭上から声が降り注いだ。

「ターニャが君の好きな物語だからと言って、本を持ってきたんだが」

「きっと《春の王国の物語》ですね。幼い頃に、よくお母様が読んでくれた本なのです。こちらに来る際に持ってきました。……もしかして、今日はそれを読んでくださるのですか？」

「私の書斎にある本は、どれも小難しいものばかりだからな。あれを読んで聞かせても退屈だろう」

リヒターの声が移動して、ヴィオレッタの隣に収まった。彼の立てる物音に集中していると、抱き寄せられる。

「もっとこっちに来い」

ヴィオレッタは背筋を伸ばしたが、すぐに力を抜いてリヒターの肩に凭れた。心地よい声がぐっと近づく。

カサリ。ページがこすれる音。リヒターが息を吸う気配。

「《――それは、不思議な王国の物語です。その王国は一年中、季節が春のままで、あちこちに色とりどりの花が咲いていていました》」

ヴィオレッタは口角を緩めながら、リヒターが紡ぎ出す物語に意識を注ぐ。静まり返った部屋に、彼の低い声はよく通った。

二度目の夜を過ごしてから、リヒターが寝る前に本を読んでくれるようになった。そのひとときは時間が緩やかに流れて、心がとても穏やかになる。

一章を読み終えたところで、リヒターが読み聞かせを中断した。

「少し休憩しよう」

「はい」

「……ヴィオレッタ。領地の仕事が一段落して時間ができた。明日、馬に乗ってどこかに出かけるか」

彼がさりげなく話を切り出したので、ヴィオレッタは「出かけたいです」と即答しかけたが、すぐに思い直す。以前は乗馬を嗜《たしな》んでいたけれど、今の彼女には難しい。

「お誘いはとても嬉しいのですが、目がこうなってからは、一度も馬に乗ったことがないのです」

「私の馬に乗せるから、心配は要らない」

「それならば安心ですね。ぜひ、行きたいです」

外出の約束。リヒターは領地の仕事で忙しくしているから、出かけるのは初めてだ。

「行きたい場所はあるか？」

「この辺りの土地勘がないものですから、お任せします」

「ふむ。……林を抜けて、しばらく馬を走らせると花の咲く野原がある。まずは、そこを目指すか。よく、エリザを連れて行った場所だ」

「ええ。楽しみにしています」

ヴィオレッタが穏やかな表情で頷くと、不意にリヒターの声が柔らかくなった。

「私の馬は気性が荒い。振り落とされるなよ」

「そう言われましても……リヒター様が支えてくださると信じています」

「さてな。急に手を離すかもしれない」

リヒターが肩を抱き寄せてきて、わざとらしく耳元で喋ったので、ヴィオレッタは例のごとく緊張する。相変わらずの美声だが、声のトーンがほんの少し高い。こういう声の時は彼女を揶揄っているのだ。

近頃、リヒターがちょっぴり意地悪な台詞を投げてきて、ヴィオレッタの反応を窺っている時がある。先ほどの台詞にしても、実際に馬に乗れば彼はしっかりと支えてくれるだろうし、馬から振り落とされるなんて絶対にあり得ないだろう。

私に、どんな反応を期待しているのかしら。

ヴィオレッタは疑問に思いつつも、控えめに言葉を返す。

「とりあえず、あなたにしがみついておくことにします」

「そうしておけ」

「万が一にも落ちてしまった時は、拾いに戻ってきてください」

真面目な口調で答えると、リヒターが押し殺した声で笑う。

「ああ。ちゃんと拾ってやる」

彼の腕に力が籠もり、更に抱き寄せられた。ヴィオレッタもそっとリヒターの背中に腕を回す。

互いの温もりを感じながら抱き合うのは心地よくて、ヴィオレッタは彼の肩に頬を押しつけた。

このまま離れたくない。ここはとても安心するのだ。

「リヒター様」

「ん？」

「不思議です。あなたの腕の中にいると、なんだか守られているような感じがして」

こんな感覚は初めてだ。今の心境を素直に告げたら、リヒターがまた笑ったが、特に何か言うわけでもなく、彼女の頭を撫でているだけだった。

そうやって、しばらく抱き合っていたら、

「……ヴィオレッタ」

吐息交じりに名前を呼ばれ、空気が変わった。本をパタンと閉じる音がする。

「読み聞かせの続きは、後にするか」

ネグリジェの裾から冷たい手が滑りこんできたので、ヴィオレッタは顔が熱くなるのを感じながら、是と返事をする。肩を押されて身体が傾いでいき、カウチに寝かされた。

リヒターの手が動き始めて、ヴィオレッタの心臓がドクドクと脈打ち始める。

その時、彼がぽつりと言った。

「ここのところ天候の悪い日が多い。明日は、雨が降らなければいいが」

雨。その単語にぴくりと身体が揺れてしまった。

「……ええ。降らないといいですね」

ヴィオレッタはか細い声で囁くと、リヒターのキスに身を預けた。


翌日。ヴィオレッタは乗馬用のドレスに薄手のコートを纏い、動きやすいブーツを履いて遠乗りの支度を整えた。幸いにも雨は降っておらず、空には雲がかかっているが晴れ間が覗いていると、ターニャが教えてくれた。

屋敷を出発する際、エリザベータが「わたしも一緒にいきたい」と駄々を捏《こ》ねていたが、リヒターに「また今度、連れて行ってやる」と強い口調で宥められていた。

馬の背に揺られながら敷地を出た辺りで、リヒターがため息をつく。

「エリザには困ったものだ。本気でついてこようとしていたぞ」

「声の調子からも、拗《す》ねていたようですが、よかったのですか？」

「馬に三人は乗れないだろう。それに、今日は君と二人で出かけるつもりだった。私たちも一応、新婚だからな」

屋敷にはいつも誰かがいるから、二人だけになれる場所に行きたい。

リヒターがそう付け足して、横向きで乗っているヴィオレッタを抱き直した。

ゆっくりと進む馬蹄《ばてい》の音を聞いていたら、林に入ったらしく土と木の香りが濃くなっていく。風が吹いて葉がこすれ合い、どこかで鳥がピチチと鳴いた。

ヴィオレッタは顔を巡らせて自然の音を追いかける。すると、人の声が聞こえた。耳をそばだててみたら、大らかな笑い声のようだ。

「誰かが笑っていますね」

「林の向こうには畑が広がっているから、農民が休憩でも取っているのだろう。この辺りの土地は肥沃で、農民たちも大らかな者が多い。近くには鉱山もあるから、そこで働いている鉱夫たちも、この辺りの道をよく通るしな。彼らも総じて大らかな男たちだ。笑い合う声がよく聞こえる」

「そうなのですね。確かに、大らかな笑い声です」

ヴィオレッタが耳に手を当てていたら、リヒターが感心したような声を漏らす。

「君は本当に耳がいいな。私には、かすかに聞こえる程度だぞ」

「目が見えなくなってから、日常生活で音に頼ることが多くなりましたから、そのせいで耳が良くなったのかもしれません。今は足音を聞けば、誰が来たのかも分かりますよ」

「足音にも違いがあるのか」

「ええ。例えば、エリザの場合は足音が軽やかに跳ねている感じです。ターニャは細やかできびきびとした足音で、トーマスは落ち着いた足取りで静かに歩きます」

「ほう、性格が出るな。私はどうだ？」

「リヒター様の場合はどっしりとした足音です。トーマスの足音に似ていますが、あなたのほうが歩調はゆっくりです。でも、不思議なことに、たまにあなたの足音が聞こえない時があります。気配を感じない時もあるので、驚きます」

ヴィオレッタは記憶を探りつつ小首を傾げた。

「以前、階段の段数を数えていた時もそうでした。足音は聞こえたのですが、人の気配を感じなかったので、いきなり手を取られてびっくりしました」

「無意識だったな。おそらく昔の名残だ」

リヒターが馬の横腹を軽く蹴り、馬蹄の音の間隔が短くなる。

「軍人として戦場にいた頃、足音を立てない歩き方を心がけていた。諜報任務に就くこともあって、気配を消す術も学んでいたからな。それが身体にしみついている」

彼は当然のような口ぶりで語ってくれるが、気配を消して足音も立てずに移動することができるなんて、それこそ軍人でなければ身に付けられない技術だ。

「そういう技術というのは、軍学校で習うのですか？」

「ああ。私が在学していた頃には、戦場で役に立つ様々な技術を身に付けさせられた。だが、今はもう戦争は終わった。無用の長物と言ってもいい技術ばかりだ」

「そんなことはないと思います。何か役に立つかもしれませんし」

「少なくとも、足音を消す必要はないだろう。私の気配を、君が感知できない」

「それは、そうかもしれませんが、お声をかけて頂ければ平気です。ちょっと驚くかもしれませんが」

「気配を消して、君の行動を観察しているかもしれないぞ？」

「私を観察していらっしゃるの？」

ヴィオレッタが瞠目《どうもく》すると、リヒターがくっくと笑った。

「していない、まだ」

「まだ、ということは……これからする可能性がある、と？」

「あるかもしれないが、私には盗み見する趣味は無いからな。極力、声はかけよう」

「そうしてください」

リヒターが側にいるのに気づかずに、何か仕出かしてしまっても困る。見られて困るような行動はとっていないつもりだが、念のためだ。

話をしているうちに、野原に到着したようだ。開けた場所らしく、林の中を進んでいた時とは空気が変わっている。草の香りが濃くなっていた。

「野原に着いたのですか？」

「ああ。降りるぞ」

リヒターが一声かけて馬から降りた。支えを失くしてバランスを崩したヴィオレッタを彼が受け止めてくれて、丁寧に地面へと降ろしてくれる。

「少し歩く」

リヒターに手を引かれて、ヴィオレッタはゆっくりと野原を歩き始めた。

一陣の風が吹き抜けていく。丈の短い草が生い茂っているのか、足を前に出すたびにブーツにこすれる感触があった。

「リヒター様。どこまで歩くのですか？」

「もう少しだ」

リヒターと繋いだ手に意識を集中しながら、ヴィオレッタは進み続ける。

やがて、彼が立ち止まって、その場に屈みこんだ。ヴィオレッタもつられて膝を折る。

「花だ」

「あ……」

導かれた指の先に薄い花弁が触れた。その花弁は薄手の天鵞絨《ビロード》のような手触りで、茎の部分は簡単に手折れそうなほど細く、地面へと伸びている。

ヴィオレッタは両手で花を触りながら顔を近づけていった。蝶が好みそうな蜜の香りがする。

「何の花ですか？」

「花の名前は分からない。花弁の色は薄いピンクで、やたらと密集して咲いている」

「うーん……私も花には詳しくないのですが、もしかしたらコスモスかもしれません」

野原に密集して咲いて薄いピンクの花弁を持つ。特徴に当てはまる野に咲く花といえば、コスモスしか思い当たらなかった。

ヴィオレッタが興味津々で花に触っていたら、リヒターが側を離れていく。ヒヒーンと馬の嘶《いなな》きが聞こえて、彼が「よしよし。そこで休んでいろ」と声をかけていた。

リヒターはすぐに戻ってきて、花の観察を続けているヴィオレッタの近くで止まった。

それきり静かになったので、ヴィオレッタが彼の位置を確かめるために手で探ってみたら、柔らかい草の上で仰向けに横たわっている。

「日射しは暖かいが、空が曇ってきたな」

「雨が降りそうですか?」

「すぐには降らないだろう。少し休んだら、移動するか」

そんな会話をして互いに口を噤む。沈黙が流れるが、特に気まずいものではなかった。

ヴィオレッタはリヒターの真横でぺたんと座りこみ、野原を吹き抜ける風に身を委ねる。

太陽の光は暖かく、とても静かで心地よい場所だ。

見えない空を仰ぎながら自然を感じていたら、リヒターが静寂を破った。

「ヴィオレッタ。君の目は治らないのか?」

「……え？」

「今の質問で気分を害したのなら、すまない。だが、君は精神的な問題で目が見えなくなったと聞いている。ならば、治る見込みがあるんじゃないかと」

ヴィオレッタは突然の質問に少しばかり動揺したが、平静を装って答える。

「確かに、医者の診断によれば、私の目は精神的に大きなショックを受けたことで、視力が失われたそうです。その問題が解決すれば、もしかしたら治るかもしれません」

他人事のような口調で言い、そっと目元に触れる。

あの時、何も見たくないと願ったのは、彼女自身だった。

ヴィオレッタは光を失った目を伏せて、きりきりと締めつけられるような胸の痛みを堪えた。

――二人が死んでしまったのは、お姉様のせいだわ！

マルグリットの責める声が、焦げ跡のように耳にこびりついている。けっして抜けることのない心に刺さった棘だ。

「君は、もう一度、その目で何かを見たいと思わないのか？」

凪《な》いだ水面のように静かな声で問われて、ヴィオレッタは思考を中断する。

「……見たいと思う時もあります。でも、私はこのままでいいんです」

「何故、そう思う」

「何も見たくないと望んだのは、私自身だからです」

ヴィオレッタが抑揚のない声で打ち明けると、リヒターは黙ってしまった。

もし、四年前の事故で彼女が犯した罪について話したら、リヒターは何を思うだろうとヴィオレッタは考える。幻滅されるだろうか。それとも、同情されるのだろうか。

どちらも嫌だが……この先、夫婦として一緒にいるのなら、いつかきっと話さなくてはならない時がくると予感していた。

彼女は憂いを帯びた息をつく。リヒターにどう思われるのか不安で堪らないけれど、心の内に秘めているものを伝えたい。それは、彼女を受け入れてくれた夫に対して隠し事はしたくないという、ヴィオレッタの想いの現れだった。

それに、今のヴィオレッタは彼に対する想いを自覚しつつある。

——君が気に入ったのは、私の声だけなのか？

共に過ごした二度目の夜に、リヒターにそう訊かれた時は答えられなかった。

しかし、ヴィオレッタは、これからも妻としてリヒターの側にいたい。彼は素っ気ないふりをするくせに、行動の端々には彼女への思いやりが感じられて、毎夜のごとく読み聞かせまでしてくれるようになった。二人きりの時に交わす会話も楽しい。

リヒターの素敵な声に心惹かれているのは確かだが、それだけではない。彼がどんな人なのかを知った上で、彼自身に惹かれている。

だからこそ、ヴィオレッタは自分の身に何があったのかを、リヒターに知っておいてもらいたかった。

自分なりに感情の整理をして、彼女はゆっくりと口火を切った。

「四年前、何があったのか、あなたにお話ししたいのです。聞いてくださいますか？」

「ああ、知りたい。聞かせてくれ」

リヒターの答えに励まされるようにして、ヴィオレッタは深呼吸をすると、心の時計をあの日に戻した。ぽつりぽつりと語り始める。

「あの時のことは、今でもよく覚えています。公爵様のお屋敷で夜会に出席して、途中で私は体調が悪くなり、屋敷へ帰りたいとお母様に告げました。外は激しい雨が降っていて、雨が上がるまで待ったほうがいいと公爵様に心配されました。けれど、私は無理を言って馬車を出してもらったのです。当時、お父様はお忙しくて夜会に出席できず、妹はまだ社交界にデビューできる年齢ではありませんでした。その馬車に乗っていたのは、私の付き添いとして来てくれていた、お母様とお兄様です」

ヴィオレッタの脳裏にその時の光景が蘇ってくる。その夜、外は文字通り土砂降りだった。馬車の屋根に雨粒が激しく当たっていて、次から次へと流れていく水滴によって、窓の外が見えないほどだった。

「暗い山道を進んでいき、その途中で事故に遭いました。ぬかるんだ地面に大きな轍ができていて、馬車は轍に引っかかってバランスを崩し、横転しました。その先に崖があったんです。横滑りした馬車は斜面を落ちていき……気づいたら、私は冷たい地面に横たわっていました」

真っ暗な空からは情け容赦のない雨が降っていた。地を揺らすような雷鳴が轟き、身体に打ちつける雨の雫が石礫のように感じて、ひどく痛かったのを覚えている。

「夜の闇の中で、私はお母様とお兄様を探しました。雷光が空を照らし、横たわっている二人を見つけました。お兄様はぴくりとも動かず、お母様は冷たくなっていました」

ヴィオレッタは何が起きたのか、あるがままを語った。自分の声から一切の感情が抜け落ちていく。記憶が巻き戻り、心も凍りついていく。

「そこから先の記憶はありません。誰が助けてくれたのか、いつ屋敷へ戻ってきたのか、一切覚えていないのです。気づいたらベッドで寝ていて、涙で張りついて目が開きませんでした。熱に浮かされながら……妹の悲痛な叫びを聞きました。二人が死んだのは私のせいだ、と」

——二人が死んでしまったのは、お姉様のせいだわ！

リフレインのように、あの悲鳴が頭の中で響く。

ヴィオレッタは唇を噛みしめると、膝の上に乗せた両手をきつく握りしめた。

「その通りだと思いました。私のせいで二人は死に、もう会えないのだと理解したら……冷たい地面に横たわる、二人の姿が頭に思い浮かびました。その時に、私は心から願ったのです。もう嫌だ、あんな悲しい光景は見たくない——何も見たくない、と」

そして、ヴィオレッタの望みは叶った。世界から光を失うという形で。

急に震えが止まらなくなって、彼女は自分の肩を抱きしめる。

「……分かって頂けたでしょう。私は全てを拒絶して、本当に何も見えなくなりました。どうすれば再び光が戻るのか、私には分かりません。確かなことは、お母様とお兄様が亡くなったのは私のせいだということ。それだけです」

血を吐くような想いで吐露して、ヴィオレッタは深く項垂れた。

この四年、父やマルグリットにも、心の内をさらすことはできなかった。

だから、もしかしたら、ずっと誰かに話を聞いてもらいたかったのかもしれない。

「あなたに幻滅されてもいいから、知ってほしかったんです。私が犯した罪を――」

全てを言い終える前に、強く腕を引っ張られた。瞬きをする間に広い胸に抱き寄せられて、乱暴な手つきで頭を撫でられる。

「っ、リヒター様……?」

「君の話を聞いて、私が思ったことを言う」

「……はい」

「不幸な事故だ。悪条件が重なり、君の母上と兄……エドガーは亡くなった。そのことで君が心に負った傷や哀しみは、想像だに難くない」

リヒターは息を吸うと、とても小さな声で言った。

「君は事故が起きたのを自分のせいだと責めているかもしれない。私も君の気持ちはよく分かるんだ」

「……あなたには、分かりません。勇敢な方で……誰かを死なせたことなど……」

「私の立てた作戦で、多くの戦友が目の前で死んでいったよ」

「え……？」

「婚約者がいる者もいた。幼い子供がいる者もいた。そして、その中には私の弟もいた」

「弟、さん？　それは、まさかエリザの……」

「そう。エリザの父親だ」

ヴィオレッタが驚きに目を見開くと、リヒターが背中を優しく叩いてくる。

「私のせいで、多くの者が死んだ。死ぬほど後悔したよ。あんなつらい想いは、もうしたくない。だが、ヴィオレッタ。君も私も、生きているだろう」

「……はい」

「だったら、彼らのぶんまで精一杯生きるしかない。君の心の傷も癒してやりたいが、それについては、もっと時間が必要だ。君の気持ちの問題だから、私がどうこう口出しできることでもない」

ヴィオレッタはリヒターの胸に顔を押しつけながら、涙がこみ上げてくるのを感じた。

視力を失い、全てを諦めてからは泣いたことなんて無かったのに、彼の言葉を聞いているだけで涙腺が緩んでしまう。

「だが、これだけは言わせてくれ。母上も、そしてエドガーも君を責めてなどいないはずだ。特にエドガーは、妹たちをとても可愛がっていたようだから、今の君を見たら悲しむだろう」

「……あなたは、お兄様のご友人だったと聞きましたが……お兄様をよくご存じなのですか？」

「ああ。多くの夜を、戦場で語り合って過ごした。どんな戦場でも生き残ってやる、という強い気概の持ち主だった。敵に捕らえられていた私を助けてくれたのも、エドガーだ」

こつんと、額に彼の額が押し当てられた。

ヴィオレッタの頬に流れ落ちる雫を、優しい指が拭っていく。

「君が口にした〝何も見たくない〟という言葉は、とても悲しいものだ。その目で見るべきものは、まだたくさんあると、私は思うがな」

リヒターの声があまりにも柔らかいから、とうとう堰《せき》を切ったように涙が溢れ出した。

「目が見えるようになれば、今度は君が私に本を読んでくれることもできる」

「っ……」

「いつか、君が本当に何かを見たいと思える日がくることを、私も祈ろう」

「……あぁっ……」

感情の導火線に火が付き、ヴィオレッタはリヒターに抱きついて泣き始めた。

子供みたいに声を上げながら泣きじゃくる彼女を、リヒターは抱きしめてくれる。

君の罪ではないと気休めの否定をするのではなく、可哀想にと同情するわけでもない。

リヒターはヴィオレッタの気持ちを理解し、前向きな言葉をかけて側にいてくれた。

ただ、それだけのことが、ヴィオレッタはとても嬉しかったのだ。

ぐちゃぐちゃになっていた感情が落ち着いてきて、ヴィオレッタがようやく泣きやんだ頃、黙って抱きしめてくれていたリヒターが呟く。

「空が暗くなってきた。雨が降りそうだ」

「雨……あっ、ごめんなさい。私ったら、ずっと泣いて……」

「別に、謝ることじゃないだろう」

リヒターの話し方はよそよそしいのに、彼の腕はヴィオレッタを抱えて離さない。

ヴィオレッタは胸をさすって心を鎮めると、先ほど彼がくれた言葉を反芻《はんすう》する。

そして、兄エドガーとの思い出を語ってくれたのを思い出し、ふと気づいた。

事故のあと、心身を病んでいたヴィオレッタのもとに励ましの手紙を送ってくれた人がいる。名前は記されておらず、分かっていたのはエドガーの友人ということだけ。

ヴィオレッタはずっと、手紙を送ってくれたのは、兄の友人だったクラウスだと思っていた。クラウスは事故の後も親しく接してくれていたし、彼ならいいなという願望もあったのかもしれない。

とはいえ本人に訊いて確かめたわけではなく、あえて名前を伏せているのに「手紙をくれたのは、あなたですか？」と聞くのは失礼だと思って、その件は胸にしまっていたのだ。

しかし、考えてみれば、相手がリヒターだという可能性もある。

話を聞いた感じだと仲が良かったようだし、葬儀にも足を運んでくれたそうだから。

「あの、リヒター様。もしかして、あなたは以前、私に手紙を送っ――」

言いかけたところで、鼻の頭に冷たい雫が当たる。雨粒だ。

「降ってきたな。雨にさらされる前に、ここから移動する」

先にリヒターが立ち上がったが、ヴィオレッタは泣きすぎたせいか、足に力が入らなくてへなへなと座りこんでしまう。

すると、リヒターに軽々と抱き上げられた。

「っ……！」

「掴まっていろ。このまま馬に乗る」

リヒターはヴィオレッタを抱きかかえたまま馬に飛び乗ると、すぐに手綱を操って馬を走らせる。

揺れる馬上で、ヴィオレッタは振り落とされないように彼にしがみついた。

頬にピシャッと水滴が当たった瞬間、ヴィオレッタは肩を震わせる。

「この辺りは、近くに建物がない。……仕方ないな」

馬の向きが変わり、木の葉で弾かれる雨粒のパタパタという音がし始めて、顔に当たる水滴が少なくなっていく。どうやら林に入ったようだ。

「すぐそばに樫《かし》の大木がある。しばらくは、雨を凌《しの》ぐことができるだろう」

大木の近くに到着すると、リヒターはヴィオレッタを腕に抱いたまま馬から降りる。枝の下に入って雨が遮られたところで、頭の上からバサッと布らしきものを被せられた。

「私のコートだ。濡れないように被っていろ」

素っ気ない口調だが、そういう時にリヒターのとる行動は、ヴィオレッタに対する思いやりからくるものだと、最近になって分かってきた。

リヒターはコートを被ったヴィオレッタの後ろに立ち、ちょうどお腹の辺りに腕を回してきた。背中が彼と密着する。

「ありがとうございます」

「最も濡れない方法をとっただけだ」

ザアアと、降りしきる雨の音が響く。空気が冷えてきたが、背中越しにリヒターの温もりを感じられるから寒くはない。

雨宿りを始めてほどなくして、どこかでゴロゴロと唸り声が聞こえてくる。雨と共にやって来た雷だ。

ヴィオレッタは大きく息を吸って、勝手に強張る身体を抱きしめる。

雨と雷は恐ろしい。あの日の記憶を連れてきて、忘れかけていた恐怖を呼び起こす。

俯《うつむ》いて、ぶるぶると震えていたら、リヒターの声が間近で聞こえた。

「何を怖がっている」

「あの日も、こうして……雨が降って、雷が鳴っていたのです」

今にも消えそうな声で恐怖を伝えたら、リヒターがため息をついて、ヴィオレッタの身体の向きを変えさせる。正面から抱き寄せ、彼の胸に顔を押しつけさせた。

「雨も雷も、そのうち通り過ぎる」

ヴィオレッタは歯を食いしばって泣くまいとした。今日はもうリヒターに泣き顔を見せるわけにはいかない。泣き虫だと思われてしまう。彼のさりげない優しさに心打たれて、容易に涙腺が緩みそうになるが、必死に堪えた。

リヒターに抱きついていたら、憂いを帯びた吐息をついた彼が口を開く。

「ヴィオレッタ。そのままでいいから聞け。少しは気が紛れるだろう」

「……？」

「君が心の内を明かしてくれたから、私も一つ、君に打ち明けようと思う」

そして、リヒターが淡々と話し始める。

「私は今年で三十二歳になる。どうして今まで結婚しなかったのかを話しておこう。もう十年くらい前の話になるが、私にはシャーロットという婚約者がいた」

思いもよらぬ告白でヴィオレッタは衝撃を受けた。リヒターに婚約者がいた？

「しかし、私が戦場へ行っている間に、その女はどこぞの伯爵と不貞を働いた。人が命を懸けて戦っている時に、よくもそんな真似ができたなと問い詰めれば、私の地位と財産が目当てだったと白状した」

リヒターの声が、降りしきる雨にも負けないほど冷気を帯びる。

「心から失望したよ。もちろん婚約は破棄した。そんな恥知らずな女を受け入れられるほど寛容ではないからな」

ヴィオレッタは口を引き結んだまま、彼の言葉の続きを待った。絶え間なく降り注ぐ雨の音や、空で轟く雷鳴で彼の声を聞き逃さないように、耳を澄ませる。

「当時は、私も若かった。それなりにショックを受けていて、女性と接するのを避けるようになったんだ。それから再び戦争に行って、結婚とは縁遠い生活をしていた。戦争が終わると、今度は母親を亡くしたエリザを引き取り、領地の仕事をしつつ子育てをして、気づいたら独身のまま三十一歳になったわけだ」

「エリザを引き取った時に、奥様を迎えようとは思わなかったのですか？」

「それも考えたが、未婚の若い令嬢は私の顔を見て怯える。近づいてくる者といえば、私の地位と財産が目当ての女ばかり。貴族の結婚だから、それも当然かもしれないが、あの女の件があるから乗り気になれなくて、女というものを疎ましく思っていたのも確かだ。……しかし、君を妻に迎えて接していくうちに、考えが変わった」

リヒターの冷えた手が頬に触れてきて、ヴィオレッタは顔を上げた。その拍子に被っていたコートが後ろに落ちそうになったが、彼が掴んで肩に羽織らせてくれる。

「君みたいな女性もいるんだな。私を怖がることもなく、優しいとまで言う。そういう君のほうが優しい。そして、純粋だ」

「私のことを、そんなふうに思ってくださっていたの？」

「ああ。それに…………君の反応は、いちいち可愛い」

「え？」

「いや、何でもない」

「もしかして、いま、私を可愛いと……」

「言っていない」

「言っていないのですか？」

「……言った、かもしれない」

「本当ですか？」

「いや、言ってないな」

「そうですか……言っていないのですね……」

リヒターがいきなり声量を落としたせいで、残念ながらしっかりと聞き取れなかった。

よくよく考えてみれば、彼が〝可愛い〟なんて言うはずがない。

ヴィオレッタが肩を落としていたら、リヒターが舌打ちした。

「ああ、まったく。ヴィオレッタ」

名を呼ばれるのと同時に、両手で顔を挟まれてぐいと引っ張られる。耳朶に吐息を感じたかと思ったら、次の瞬間、指先まで痺れるようなハスキーボイスで囁かれた。

「――君の反応が可愛いから、こうして構いたくなる」

おまけとばかりに頬に口づけられて、しばし固まっていたヴィオレッタは顔から始まって首の下まで肌が火照っていくのを感じた。それから数秒後、足から力が抜けてへたりこみそうになる。

咄嗟にリヒターが抱き留めてくれたものの、ヴィオレッタは唖然としながら呟いた。

「こ、腰が抜けました……」

「……はっ」

一拍おいて、リヒターが笑い出す。

「ヴィオレッタ。君は、本当に私の声が好きだな」

――いいや、違う。好きなのはリヒターの声だけではない。こんなふうに揶揄われても胸がドキドキしてしまうのだから。

ヴィオレッタはリヒターの腕にしがみついて倒れるまいと堪えながら、火を噴きそうなほど熱い顔を伏せる。

リヒターがヴィオレッタを支えながら、ほう、と小さく声を漏らす。

「どうやら雨が上がったようだぞ」

「……あ、そういえば、雨と雷の音が聞こえません」

「通り雨だったのだろう」

彼は腰を抜かしたヴィオレッタを抱き上げると、大木の陰から出た。どうやら木々の梢の隙間から空を見ようとしているらしく、横にゆっくりと移動していく。

「虹が出ているぞ」

リヒターが空と虹の情景を説明してくれた。

「晴れ間が覗いた空に、アーチ状の虹がかかっている。雨上がりの虹は美しい」

雨上がりの虹は美しい。

ヴィオレッタは口の中で繰り返し、見えないと分かっていながら空を仰ぐ。彼が語ってくれる美しい光景が、いつか私にも見えるようになるのかなと、彼女は思っていた。

それは、ほんの些細な変化。

いつか――と、未来を想う心の動き。

この日、お互い胸に秘めていた気持ちを伝えたことによって、ヴィオレッタとリヒターとの距離は、また少し近づいた。

第五章　見えないものに焦がれて

夜更けに喉の渇きを覚えたヴィオレッタは、欠伸をしながら目を覚ました。サイドテーブルを探して手を伸ばす。確か、水差しとグラスが置いてあるはずだ。

しかし、隣から苦しそうな声が聞こえてきたために、彼女は動きを止める。

「うっ……うう……」

「？」

ヴィオレッタは寝起きで働かない頭を横に振ると、隣に横たわっているリヒターの身体を探り当てた。指先に触れたのは、温かい素肌だった。夫婦の閨事を行なったあと、二人でそのまま眠りに落ちたのだ。ヴィオレッタも一糸纏わぬ姿だが、いかんせん目が見えないから、ベッドの中で眠るぶんには裸でも気にしていない。

リヒターは苦しげに唸っている。

「っ、ぐ……さわ、るな……」

ヴィオレッタはすぐに手を引っこめたが、リヒターの呻き声はやまない。自分に向けられた言葉ではなく、夢に魘《うな》されている彼のうわごとだと気づいたヴィオレッタは再び手を伸ばした。肩に触れて宥めるように撫でてやる。

「あっ、う……やめ、ろっ……」

リヒターの口から、またしても拒絶の言葉が飛び出した。そして、嫌がるように首を振っている。

ヴィオレッタは困惑しつつもリヒターの顔に触れてみた。彼はいつも顔に触られるのを嫌がるが、魘されているのならば放っておけない。表情を確かめるために目尻や口元に触れてみたら、深い皺が寄っている。苦悶に顔を歪めているのだ。

起こすべきかどうかを悩んだ結果、そっと身体を揺すってみたけれど、リヒターは起きなかった。触るな、やめろと制止する言葉。そして、苦悶の表情。もしかしたら戦場で経験した出来事を夢に見ているのかもしれない。

ヴィオレッタにも同じ経験がある。事故のシーンが夢に出てきて、ひどく魘されて目を覚ました時に、ターニャや父が手を握っていてくれたことがあった。

そのたびに〝ああ、夢だったのだ〟と現実に戻ってこられた。人の温もりは、恐ろしい悪夢から呼び戻してくれる。

ヴィオレッタはリヒターの頭を抱き寄せる体勢になった。彼が零す苦痛の呻き声を聞きながら、頭を撫でる。

「大丈夫。誰もあなたを傷つけない」

声量を最小まで落として囁き、温もりを分け与えるようにくっついていたら、徐々にリヒターの呼吸が整ってきた。呻き声も聞こえなくなり、やがて静かな寝息に変わる。

ヴィオレッタは、ほっと息をついた。どうやら彼は悪夢を抜け出したようだ。

それにしても、リヒターも夢に魘されることがあるとは知らなかった。

近頃は、毎晩のように彼と同じベッドで眠っているが、ヴィオレッタは大抵リヒターよりも先に寝入ってしまい、朝まで目覚めないことが多いから。

リヒターの髪に頬を押しつけて、ヴィオレッタは瞼を閉じる。

以前、一緒に馬に乗って出かけた時、リヒターは雨と雷に怯える彼女を、ずっと抱きしめてくれていた。心中を吐露して泣いた時も離さないでいてくれた。それが、どれほど嬉しかったことか……。

だから、ヴィオレッタもリヒターのために何かしてあげたかった。

これが結婚する前のヴィオレッタだったら、多くを諦めて漫然と日々を過ごしてきたから、積極的に行動を起こそうとは思えなかっただろう。

しかし、ヘーゲンブルグで暮らすようになり、リヒターやエリザベータと一緒に過ごす時間が増えるにつれて、ヴィオレッタの心にも変化が起きていた。

「おやすみなさい。リヒター様」

ヴィオレッタは吐息のような声量で囁く。

自分にできることは何なのだろうかと、そんなことを考えながら。

◇

悪夢を見ていた。敵に捕虜として捕らえられていた時の夢だ。

天井から鎖によって吊るされたリヒターは、かすれた呻き声を上げながら終わりのない痛みに耐えていた。

覆面をした尋問役の敵兵が鞭を振り上げる。呼吸を止めて痛みに備えるが、昼夜問わず責め立てられて、そこらじゅう傷だらけになった身体を打たれると、それだけで脳天から爪先へと激痛が走り抜けた。

『うっ……うう……』

口の中に鉄の味が広がっていく。

リヒターは唾液と交じり合った血を地面に吐き出した。

こんなことをしても無駄だ。軍隊長の地位にある彼には、軍人としての誇りと矜持《きょうじ》がある。どれほどの苦痛を与えられようが、味方を売ったりはしない。

リヒターが情報を吐かないせいか、尋問役の男も苛立っているらしい。つかつかと歩み寄ってきて、彼の顎を掴み上げた。

『っ、ぐ……さわ、るな……』

そのまま顔を殴られて、バケツに入った冷たい水を浴びせかけられた。近くの海から汲んできた海水だろう。傷口にしみこみ、想像を絶する痛みに変わる。

もう一杯、バケツの水を浴びせかけられそうになり、身を捩っていたリヒターは嗄《か》れた声で制止した。

『あっ、う……やめ、ろっ……』

尋問役の男がバケツを振ろうとする。ああ、このくそったれ。迫りくる苦痛に備えながら心の中で罵った瞬間、どこからか声が聞こえてきた。


――大丈夫。誰もあなたを傷つけない。


女性の柔らかい声だ。リヒターがハッと息を呑んだ時、バタンッ！　と小屋の扉が開け放たれた。黒いマントに身を包んだ数人の男が駆けこんできて、不意を衝かれた尋問役の男を斬り捨てる。

『リヒター！　助けに来たぞ！』

両手から鎖を外してくれた男が、マントのフードを下げて顔を露わにした。リヒターが信頼する仲間であり、友人――エドガー・トラモントだった。

エドガーは拘束を解かれて崩れ落ちるリヒターの腕を掴み、肩を貸してくれる。

『さぁ、リヒター。仲間のもとへ戻ろう』

『……お前、どうやって、ここへ……』

『敵の軍隊長を捕虜にして尋問しているとなれば、兵士たちの間でも噂になる。敵の陣地に潜入し、そういった情報を集めて、この場所を見つけ出したんだ。林の中で、クラウスが馬を用意して待っている。さっさと行くぞ』

エドガーめ。頼りになる奴だよ、まったく。心の中で友人を褒めたリヒターは、エドガーの肩を借りながら小屋を後にした。

外は深夜のようで、空には半月が浮かんでいる。小屋の周りには見張りの兵士たちが倒れていた。

『顔にひどい傷があるな、リヒター。男前が台無しだ』

数人の仲間を連れて林へと向かう最中、意識が朦朧としていたリヒターは、エドガーが囁いた台詞に口角を歪めた。

『……生きて、帰れるのなら……構うものか……』

『俺の妹と結婚させてやろうと思っていたのに、そんな顔じゃ怖がられるかもな』

『……また、その話か……いつから、私は……お前の妹と、結婚することに、なっていたんだ』

『安心しろ。下の妹は怖がるかもしれないが、たぶん上の妹は気にしないさ。普段は大人しいのに、意外と肝が据わっているんだ』

友人の声が遠のいていく。強い痛みのせいで気を失いそうだった。

『リヒター。ここで気を失うな、死ぬぞ。喋り続けろ』

『……その、上の妹の……名前は？』

ずり落ちそうになるリヒターの腕をしっかりと抱え直したエドガーが、月明かりのもと、にやりと笑った。

『ヴィオレッタだ。可愛い名前だろう。お前と結婚させてやってもいいぞ。前も言ったように、妹がお前を気に入ったら、の話だが』

『……ああ……楽しみに、しておく……』

リヒターは苦い笑みを浮かべながら応えて、林に向かって歩き続ける。

しかし、足を進めるたびに身体が重くなっていき、あまりにひどい痛みのせいで、途中で気を失っていた。


やけに身体が温かい。そして、とても柔らかいものが顔に触れている。

眠りの海から浮上したリヒターが瞼を開けると、すぐそこに白い肌があった。

「……？」

リヒターはしばし固まった。ヴィオレッタが、彼の頭を抱えるようにして眠っている。これは、どういう状況なのだろう。

ふと、夢の中に出てきた女性の声が蘇ってきた。ヴィオレッタの声にそっくりだった。

「あれは、君だったのか」

リヒターは苦い笑みを浮かべてから、頭を抱えている細い腕をほどいてヴィオレッタを隣に寝かせた。毛布で包んでやると、彼女が寝心地のいい場所を探して寝返りを打つ。

乱れた髪をかき上げて窓に目をやったら、外は薄明るくなっており、もうすぐ朝日が顔を出しそうだ。

リヒターは欠伸をすると、眠りの世界の住人になっている妻の隣にもぐりこんだ。

二度寝しようとしたが、夢の内容を思い出したら目が冴えてきてしまう。

敵の捕虜になっていたところをエドガーに救われた時の夢だ。痛みまでリアルだった。

リヒターは頬の傷に触れた。あれからもう何年も経っている。

「時の流れは、早いものだな」

戦場での凄惨な記憶は、歳月を経て徐々に薄らいできているが、亡くなった戦友たちのことは胸に刻んである。悲しい記憶だけではなく、共に戦場で過ごして語らった日々は大切な思い出として残っていた。生涯、忘れることはないだろう。

天井を仰いで感慨に浸っていたら、ヴィオレッタが小さく唸って瞼を開けた。大きな欠伸をした彼女が、もぞもぞと毛布から這い出して、サイドテーブルに手を伸ばしている。

リヒターが観察していることに気づかず、ヴィオレッタは水差しからグラスに注いだ水で喉を潤している。それから寝癖のついた長い髪を手で梳かす仕草をして、もう一度、欠伸をした。

「ふわぁ……」

続いて、ヴィオレッタが両手を上げて伸びをする。美しい裸体を隠しもせず、柔軟をした彼女がリヒターのほうを向いた。

まだ眠っていると思っているのか、ヴィオレッタがシーツの上を手で探りながら近づいてきた。彼女の手が肩に触れて、顔へと移動してくる。

リヒターが目を閉じると、ヴィオレッタが両手で彼の顔を包みこんできた。頬の傷に触れられて、寝たふりをして伏せた瞼の上もなぞられる。

「ちゃんと眠れているみたいね」

ヴィオレッタが表情を確かめるように顔を撫でていく。

リヒターが口をへの字に曲げていたら、彼女がくすりと笑った。

「また、唇がきゅってなっているわ」

彼が薄らと目を開けると、すぐそこにヴィオレッタの笑みがある。ブルーの瞳が細められていて、唇が緩やかな弧を描いていた。彼女の笑顔は、とても美しい。

至近距離で見惚れていたら、ヴィオレッタがゆっくりと顔を傾けてくる。リヒターが起きているとは気づかずに、ちゅっと控えめにキスをした彼女が勢いよく身を引いた。

「はぁ……」

ヴィオレッタが物憂げな息を吐き、薔薇色に染まった頬を手で扇ぐ仕草をして離れていった。今すぐ彼女を捕まえて、先ほどくれたキスを倍以上にして返してやりたい衝動を堪えながら目で追っていると、ベッドを降りたヴィオレッタが再び、うーんと伸びをする。

いつしか窓から朝日が射しこんでおり、ヴィオレッタの無防備な姿を照らしていた。

それがまた、すごく綺麗で――始終、目を奪われていたリヒターは顔を背ける。

素の姿を見せてくれるヴィオレッタをずっと見ていたい気持ちがあるが、盗み見しているようなものだから、これ以上はやめておこう。

「おはよう」

「っ！」

リヒターが声をかけた途端、床に散らばる服を拾っていたヴィオレッタが勢いよくしゃがみこんだ。そして、身体を隠しながら赤い顔を向けてくる。

「おはようございます。いつから、起きていたのですか？」

「いま起きたところだ」

「そうですか。私もです。……よく眠れましたか？」

「ああ」

リヒターが緩慢な動きで起き上がると、ヴィオレッタは素肌を見られるのが恥ずかしいのか、拾った服を慌てた様子で羽織った。

「……あら？　ショールじゃないわ」

「それは私のシャツだ」

「すみません。私のネグリジェとショールはどこでしょう」

ヴィオレッタが、慌てふためきながら探し始める。

ベッドを出たリヒターは手早くズボンを穿き、近くに落ちている薄手のショールを拾った。ヴィオレッタのもとへ歩み寄り、ショールを肩にかけてやろうとしたが、はたと動きを止める。

素肌にリヒターのシャツを纏って、困ったように首を傾げているヴィオレッタの姿は男心をくすぐるというか……庇護欲がかきたてられる。

「リヒター様、そこにいらっしゃるの？」

「目の前にいる。君は、しばらくそれを着ていろ」

ヴィオレッタがきょとんとしているが、リヒターは構わずシャツの袖に腕を通させた。ボタンを留めて立たせると、体格差のせいで袖はぶかぶかだし、丈も長すぎる。

「まだ朝も早いし、朝食は部屋に運ばせる。その姿で構わない」

「これは、リヒター様のシャツですよね。袖が長すぎます」

リヒターは袖を捲っているヴィオレッタを、ひょいと抱き上げた。驚いて首にしがみついてくる彼女を抱えたままベッドに腰かけ、横向きで膝に乗せる。

「ヴィオレッタ」

わざと耳に口を寄せて呼んだら、ヴィオレッタがピクンと震えて動かなくなった。

「改めて、おはよう」

「……おはよう、ございます」

「私の膝に座った感想は？」

「座り心地は、いいです」

「じゃあ、しばらくこうして座っていろ」

「重くはありませんか？」

「妻を膝に乗せておくことくらい、造作もない」

「そうですか……では、お言葉に甘えます」

膝の上でちょこんと座っているヴィオレッタの顔が、薄らと赤く染まっていく。彼女の反応は、いちいち可愛らしい。

この私がこれほど気に入る女性が現れるとはな、と苦笑しながら、リヒターは大人しい妻を膝に抱えて会話をしつつ、彼女の顔を飽きることなく見つめていた。

◇

毎日、エリザベータと庭園を散歩したあと、リビングで紅茶を飲むことにしている。

焼き菓子を食べているエリザベータと他愛ない話に花を咲かせながら、温くなった紅茶を飲んでいたヴィオレッタは、近づいてくるリヒターの足音に反応して顔を上げた。

「あ、リヒター伯父様だ」

「ヴィオレッタに話がある」

「だったら、伯父様も一緒にお茶をのみながらお話ししたらいいわ。ねぇ、トーマス。リヒター伯父様にも紅茶を持ってきて」

「かしこまりました」

近くで控えていた執事の足音が遠ざかっていく。

エリザベータの気配が動いて、リヒターをカウチまで連れてきた。

「はい、リヒター伯父様はヴィオレッタの隣に座って」

「エリザ。私の膝に乗ってくるな」

「伯父様のおひざに乗りたいの。たまには、いいでしょ」

「幼い子供じゃあるまいし」

「わたしは、まだ十歳よ。子供だからいいの」

「まったく。……ほら、しっかり座れ」

会話の流れから推測するに、エリザベータは無事にリヒターの膝へ座ったようだ。

リヒターも、何だかんだでエリザベータに甘いのである。

「伯父様もクッキー食べる？　クルミが入っているのよ」

「私はいい」

「はい、お口をあけて」

「いらないと言って……っ、エリザ、口に押しこんでくるな」

エリザベータがクルミのクッキーを無理矢理食べさせたらしい。リヒターは文句を言うが、本気で叱っているわけではないのだろう。エリザベータがくすくすと笑っている。

二人のやり取りは、聞いているだけでほのぼのとする。

ヴィオレッタが顔を伏せて微笑んでいたら、

「ヴィオレッタにも、食べさせてあげるね。お口をあけて。はい、あーん」

エリザベータに促され、ヴィオレッタが二人のほうへと顔を向けて口を開けると、少し間があった。

「……おい、エリザ」

「早く、早く」

リヒターとエリザベータが小声で話している。そして、口の中にクッキーの端が入ってきたので、ヴィオレッタは前歯で齧《かじ》った。サクサクとしたクッキーの甘みが広がり、クルミの小さな欠片が舌の上を転がる。

「うん。美味しいわね、エリザ」

「今のは、リヒター伯父様が食べさせてくれたのよ」

つまり、リヒターの手ずから差し出されたクッキーを食べたということか。

ヴィオレッタが硬直していたら、リヒターが小さな咳払いをした。

「……エリザ。しばらく、お前は黙っていろ。ヴィオレッタと話ができない」

「はーい」

その時、トーマスが紅茶を持ってきて、テーブルにコトンと置いた。

ヴィオレッタは我に返り、顔が赤くなっていないことを祈りながら紅茶を飲んだ。

「クラウス・ライヒシュタットのことは知っているな。そのクラウスから今朝、手紙が届いたんだ」

「クラウス様はお兄様のご友人で、私のことも気にかけてくださっていました。リヒター様は、手紙のやり取りをするほどクラウス様と仲がよいのですね」

「ああ、エドガーも交えて仲がよかった。それで、送られてきた手紙に舞踏会の招待状が同封されていた」

舞踏会。ヘーゲンブルグに来てから、そういう社交場に足を運ぶ機会が無かったので、ヴィオレッタも久しぶりに耳にする響きだ。

「王宮で開催されるような大きなものではないが、王都にあるクラウスの屋敷で定期的に行なっているものだ。結婚祝いも兼ねて招待したいらしい。結婚式にも呼べなかったからな」

「伯父様、わたしもいきたい！」

「エリザ。お前はまだ十歳だろう。舞踏会には連れて行けない」

話に割り込んできたエリザベータを宥めてから、リヒターが尋ねてきた。

「これまでは、こういう招待は断ってきた。しかし、結婚祝いも兼ねているというから、どうしたものかと考えている。もし君が行きたいというのなら、王都へ足を運ぶつもりでいるが」

クラウスの開く舞踏会に出席するために、王都へ行く。

ヴィオレッタは口を噤み、顔を伏せた。舞踏会となれば、当然ながら人の目は多い。

結婚するまで、夜会では誰にも声をかけられず、たとえ話しかけられたとしても嘲笑された。久しく感じていなかった疎外感を思い出して、気分も沈んでいく。

ヴィオレッタの心情を汲み取ったのか、リヒターが告げた。

「気が乗らないのなら、やめておくか」

本音としては、出席したくない。冷たい視線にさらされるのはつらかった。

だが、今はリヒターがいてくれるし、何よりもクラウスに会いたかった。彼は夜会で顔を合わせるたびに親しげに声をかけてくれて、細やかに気を遣ってくれたから慕っていたのだ。

しかも、結婚祝いで舞踏会に招待してくれたという。そういうことなら、ヴィオレッタもクラウスに結婚の報告をして、面と向かってお礼を言いたい。

ヴィオレッタは大きく息を吸うと、はっきりと自分の意思を伝えた。

「クラウス様のもとへご挨拶に伺いたいです。舞踏会は苦手ですが、クラウス様は私を気にかけてくださっていたので、結婚のご報告もしたいです」

「分かった。ならば、私と共にクラウスに会いに行こう」

「はい」

ヴィオレッタはこくりと頷いた。リヒターが一緒ならば、きっと大丈夫だと信じて。


舞踏会の日取りに合わせてヘーゲンブルグを発ち、数日かけて王都に到着した。

道中、馬車の中は賑やかだった。自分も連れて行ってくれと頼み込むエリザベータに根負けしたリヒターが、姪にも同行する許可を出したからだ。

さすがに舞踏会には連れて行けないから侯爵家の屋敷で留守番という形になったが、エリザベータは王都へ来られただけでも嬉しいようで、屋敷に到着してからもヴィオレッタにくっついて離れなかった。

到着した日の夜、王都まで連れてきたターニャの手を借りて寝る支度をしていたら、ノックもなしにドアが開いてリヒターが入ってくる。

「ヴィオレッタ。君のドレスが届いた」

「ドレス？」

「ああ。王都に馴染みの仕立屋がいる。前もって舞踏会用のドレスを注文しておいた」

ガサガサと箱を開ける音がする。

「生地はシルクで、君の瞳の色に合わせた濃いめのブルーにしてもらった」

ヴィオレッタはリヒターが持ってきてくれたドレスに触り、生地の滑らかな手触りとデザインを確認していく。首元が開いていてデコルテが見えるデザインのようだ。

「当日はこれを着ろ。イヤリングとペンダントも揃えておいた」

「わざわざ、揃えてくださったのですね」

「結婚してから、何も贈っていなかったからな」

リヒターの話し方が、急にぶっきらぼうになった。それが、照れている時の反応だともう知っているので、ヴィオレッタはドレスを抱えてぺこりと頭を下げる。

「ありがとうございます。ターニャ。ドレスをクローゼットにかけておいて」

「かしこまりました」

仕事を終えたターニャが部屋を下がると、リヒターの腕がするりと腰に巻きついてきた。

「馬車の中ではエリザが騒々しくて、碌《ろく》に休めなかった」

「窓の外の様子をずっと説明してくれて、楽しかったです」

「私は途中から聞くのをやめた。十歳でも女だな。よく喋る」

リヒターが辟易した口調で言うものだから、ヴィオレッタは伏し目がちに微笑んだ。そのあと、お互いに旅の疲れも出ていたから抱き合うことはせず、大きなベッドで寄り添って眠った。

舞踏会の夜。ヴィオレッタはリヒターが用意してくれたドレスを身に纏い、イヤリングとペンダントをつけて馬車に乗りこんだ。

クラウスの屋敷は王都の中心地にあり、玄関前で馬車を降りたヴィオレッタは騒がしさに面食らった。招待客を乗せた馬車がロータリーへ次々と乗り入れてくる音と、挨拶を交わす声や、賑やかな笑い声があちこちから聞こえてくる。

長閑《のどか》なヘーゲンブルグの静けさとはあまりにも違う賑やかさに、ひたすら驚いていたら、クラウスの明るい声が響き渡った。

「リヒター！　来てくれたのか！」

「クラウス。行くと、手紙の返事を書いただろう」

「そうなんだが、本当にヘーゲンブルグから来てくれるとは思わなかったんだ」

クラウスは爵位を持っていないが、先代のライヒシュタット氏が輸入関係の仕事で成功を収めたために、今はガルド王国内でも有数の資産家となっている。従軍していた時期があるけれど仕事の手腕は確かなもので、交友関係が広く、クラウスの人好きする性格も相まって、貴族社会にも受け入れられていた。

今回のようにライヒシュタット家で定期的に小規模な舞踏会を開いているのも、仕事の交友関係を広めるという目的があるそうだ。

クラウスはリヒターと挨拶を交わし、ヴィオレッタの手を握ってくる。

「ヴィオレッタも、よく来てくれたね。リヒターとの結婚、おめでとう」

「ありがとうございます、クラウス様。こうして招待してくださったことも、心からお礼を申し上げます」

「俺が君とリヒターに会いたかっただけだよ。さぁ、入ってくれ。のちほど、俺の妻も紹介しよう。確か、ヴィオレッタはまだ会ったことがないよな。妻は長いこと体調を崩していて、しばらく実家へ戻っていたんだ」

クラウスの案内のもと、リヒターがヴィオレッタの腰に手を添えて、エスコートを始めた。

傍らにリヒターがいるだけで心強くて、ヴィオレッタは緊張で強張っていた肩から力を抜く。しかし、屋敷に入ってホールへと足を踏み入れた瞬間、ヴィオレッタは異変を感じ取った。

ざわめきが途絶えて、水を打ったような静寂に包まれたからだ。

「……？」

ヴィオレッタは周囲を見渡す仕草をして、不意に馴染みのある感覚に襲われた。

あちこちから肌に刺さるような視線を感じる。鋭敏な聴覚が、こそこそと声をひそめて囁き合っているのを拾い上げた。

その途端、かつての夜会の記憶が蘇ってきて狼狽していると、リヒターが言った。

「周りは気にするな。彼らの興味の対象は私だ」

「どういうことですか？」

「私の姿が珍しいんだろう」

リヒターが素っ気なく答えて、簡単にホール内の説明をしてくれた。

今いる場所は歓談と飲食をするための小さめのホールで、ダンスをするホールは奥にあるようだ。ダンスのための弦楽器の音色が、そちらから聞こえてくる。

「ダンスは踊れるのか？」

「一応は踊れますが、しばらく練習していないので難しいかもしれません」

「ならば、今日はやめておこう。クラウスと奥方に挨拶をしたら、長居はせずに帰る」

「はい。エリザも屋敷で待っているでしょうし」

その時、クラウスが妻を連れてやってきた。静まり返っていたホール内も、いつの間にか元の賑やかさを取り戻している。

紹介されたクラウスの妻はリリアンという名前で、喋り方がハキハキとしており、ヴィオレッタとも親しみを籠めた握手をしてくれた。とても感じのいい女性だった。

「リリアンと呼んでください」

「はい。私のこともヴィオレッタとお呼びください」

「ヴィオレッタ。よければ、こちらでお話しをしましょう。美味しいマカロンを用意しているのですよ」

「話し相手が私でも、よろしいのですか？」

「もちろんです。私は長いこと実家で療養していたものですから、王都に親しいお友達がいないのです。お客様へのご挨拶は、のちほど夫と共に回っていく予定ですから、それまではご一緒させてください」

「分かりました。……リヒター様。リリアンとお話をしてきてもいいですか？」

「ああ、行ってくるといい。私はここでクラウスと話している」

ヴィオレッタはリヒターに許可をもらい、リリアンの手を取って彼のもとを離れた。

◇

ホールへ足を踏み入れた途端、空気が凍りついたような静寂が訪れた。

滅多に王都へ足を運ばないヘーゲンブルグ侯爵と、彼と結婚した目の見えない妻。噂好きの貴族たちは、ここぞとばかりに興味本位の視線を送ってくる。

リヒターが磨き上げたナイフのような眼差しでホールを見渡すと、目が合った者は端から顔を背けた。この反応も久しぶりだった。

ヴィオレッタやエリザベータと共にヘーゲンブルグで暮らしていると、自分が周りの者たちから距離を置かれる存在だというのを忘れそうになる。王都の者たちは近寄りがたいガルドの英雄に興味を抱いてはいても、進んで声をかけてこない。

もし近づいてくる相手がいるとしたら、クラウスのような昔なじみの友人か、何らかの目的があって彼の懐に入りたい者だけだ。

ヴィオレッタも空気の変化を肌で感じたようで、不安そうに周りを見る仕草をしていたから、安心させるように声をかけてやった。

ほどなくしてクラウスが奥方を連れてきて、ヴィオレッタに紹介してくれる。

リヒターはリリアンと面識があり、以前から好印象を抱いていた。彼女ならばヴィオレッタとも良い友人になれそうだと判断し、妻をリリアンに任せて、クラウスと話し始める。

「お前のことだから、招待しても来ないと思っていたよ」

「ヴィオレッタが行きたいと言ったんだ。お前に会って、気にかけてくれていたことや招待してくれた件について、直接礼を言いたかったらしい」

「律儀な子だな。気にしなくても良かったのに」

クラウスがシャンパンのグラスを取って、差し出してきた。

リヒターは受け取り、グラスの中で泡立つ琥珀色の飲み物を見つめる。

「しかし、まさか本当にヴィオレッタと結婚するとはな。夫婦生活はどうだ？」

「順調だ」

「それなら良かった。お前がヴィオレッタをエスコートしている姿は、ちょっと新鮮だったぞ。彼女もお前には気を許しているみたいだし、随分と表情が柔らかくなった。お似合いの夫婦じゃないか」

クラウスに肘で小突かれたので、リヒターは鼻梁に皺を寄せた。

「エドガーも喜んでいるだろうさ。妹のどちらかとお前を結婚させたがっていたからな。ああ、それについて一つ訊きたいことがあったんだ」

「何だ？」

「お前がヴィオレッタとの結婚を決心したのは、エドガーの遺志を尊重したかったからなのか？あいつは事あるごとに〝俺が死んだら妹を頼む〟って、遺言みたいに言っていただろう。その妹のうち、結婚しているマルグリットはともかく、ヴィオレッタは嫁ぎ先が見つかるかどうかも分からない状態だったから」

リヒターはシャンパンを飲んだ。淡い炭酸が舌の上で弾けて、甘く飲みやすい。

「エドガーの遺志を尊重した、というのは一つの理由だ。だが、私はそれだけで結婚を決めたわけじゃない」

「あの子に同情したのか」

「同情はしたが、それで結婚は決めない。私が求婚した理由は――」

飲みかけのグラスを揺らしながら、リヒターは視線を巡らせる。色とりどりのマカロンが並べられたテーブルの近くで、リリアンと話をしているヴィオレッタを見やった。

彼女は結婚したばかりの頃と比べたら、ずっと表情が豊かになった。

「夜会でヴィオレッタを見かけた時、彼女は顔を上げて真っ直ぐ前を見ていた。その凛とした姿から目が離せなくて、柄にもなく守ってやりたいと思った。それだけだ」

別段、隠すことでもないのでさらりと告げたら、クラウスが目を丸くした。

「リヒター。ヴィオレッタに一目惚れをしたのか」

「は？　一目惚れ？」

「初対面で目が離せなかったって、そういうことだろう。まさか、お前の口からそんな話を聞くとは思わなかったよ」

「一目惚れじゃない。ただ単に、守ってやりたいと思っただけだ」

「だから、それが一目惚れだろう」

友人が頑なに言い張るものだから、リヒターは憮然とした表情する。

女性に一目惚れをするなんて、あり得ない。確かにヴィオレッタに会ったあと、すぐに求婚の手紙を送ったが、それはエドガーの遺志と、彼女の置かれていた状況や自分の結婚について鑑みた結果、取った行動だ。目を惹かれていたというのも理由として挙げられるが、取り立てて重要視する点ではなく――。

クラウスが苦笑しながら、やれやれと首を振った。

「お前はヴィオレッタが好きなんだろう」

「私は……」

その続きが出てこなくて、リヒターは口を閉ざした。

ヴィオレッタは可愛い。反応がいちいちうぶで、リヒターの声に反応して驚いたり、照れたりする姿を見ていると飽きない。

リヒターもヴィオレッタを可愛がっているという自覚がある。女性と距離を置いていた彼にしてみれば、それこそ〝らしくない〟と笑ってしまいそうなほどに。心の問題についても、できる限り支えてやりたいと思っている。

そこで、ああそうかと、リヒターは思い至った。

ヴィオレッタと結婚してから、当たり前のように側にいた。二人の関係は、夫婦になってからスタートし、ヴィオレッタはすでに彼のものになっていたから、彼女への想いがどこから始まったのか、考えたことなどなかったのだ。

「……私は彼女に好意を抱いている。おそらく、初めて姿を見た時から」

リヒターが眉間に皺を寄せつつ認めたら、クラウスが肩を叩いてくる。

「やっぱり、一目惚れじゃないか」

先ほどは否定したものの、今度は否と切り捨てることができず、リヒターは顰《しか》め面を濃くした。

「まぁ、俺はお前が幸せになってくれたら、それでいいんだけどな。戦場から共に帰ってきた、数少ない友人だからな。他の誰よりも、お前の幸せを願っている」

「珍しいことを言うな、クラウス」

「結婚祝いだよ。何か物をやっても、お前は要らないって言うだろう。だから、言葉で祝福させてくれ」

クラウスが、シャンパンのグラスをコツンと当ててくる。

リヒターは口端を持ち上げて、残りのシャンパンを飲み干した——その時、視界の端に見覚えのある女の姿が飛びこんできたので、ぴたりと動きを止める。

「あれは……」

リヒターが硬い表情でホールの一角を見つめると、クラウスもつられたように視線の先へと顔を向けて渋面になった。

「シャーロットか。俺は招待した覚えはない」

シャーロット。かつてリヒターと婚約していた不誠実で頭の軽い女だ。その名を聞くだけでも、忌々しさで唾棄したくなる。

リヒターは声のトーンを低くして尋ねた。

「何故、あの女がここに？」

「おそらく、招待した貴族の誰かが一緒に連れて来たんだろう。シャーロットの夫は去年他界していて、今は未亡人だ。経済的に困窮しているみたいで、あちこちで爵位持ちの男に声をかけて回っている」

「金のために、男を漁っているというわけか。あの女のやりそうなことだ」

「以前から金遣いの荒い女だと嫌厭《けんえん》されていたし、貴族の間でも煙たがられているよ」

リヒターが睥睨していたら、連れの男性と話していたシャーロットと目が合った。彼はすぐに顔を逸らしたが、シャーロットは何を思ったのか、連れの男性に一声かけてこちらへ向かってくる。

「おい、リヒター。真っ直ぐこっちに向かってくるぞ」

「冗談じゃない。あの女に近寄られただけでも虫唾《むしず》が走る」

リヒターはリリアンと談笑しているヴィオレッタを見やり、彼女を連れて今すぐここから出て行こうかとも考えたが、それより早くシャーロットに捕まってしまった。

約十年ぶりに対面したシャーロットはブロンドの巻き毛を肩に垂らし、赤いルージュで彩った唇に妖艶な笑みを浮かべていた。年齢を経て熟した肉体を強調するように胸元が大きく開いた露出の多いドレスを着ていたが、この女はこういうドレスを着ると下品に見えるなと、リヒターは冷めきった感想を抱いた。

「久しぶりね。リヒター」

シャーロットの口から零れたのは、媚びを売るような猫撫で声だった。

十年前、シャーロットが近づいてきた時、リヒターはまだ若かった。彼女は〝無垢で清純な令嬢〟としてふるまい、その作り物の魅力にまんまと騙されてしまった。だが、今のリヒターは違う。二度と騙されたりはしない。

リヒターは挨拶を返しもせず、シャーロットを鋭利な眼差しで射貫くと、それきり無視に徹する。

クラウスもあらぬ方向に視線を向けており、シャーロットに挨拶をされても、最低限の返答しかしなかった。

「元気そうで何よりよ。よければ、二人で話でもしない？」

「…………」

「聞いているの？」

リヒターが無言を貫いていると、不愉快そうに顔を歪めたシャーロットが視線を動かした。その先にいるのは、リリアンに勧められたマカロンを食べているヴィオレッタだ。

「そういえば、結婚したそうね。相手はトラモント伯爵家のご令嬢だとか。悲劇の事故で目が見えなくなり、同情を集める一方で、嫁き遅れだと皆に噂されていたわ。まさか、あなたと結婚するなんてね」

嫌味な口調に苛立ちを覚えて、きつく睨んだら、シャーロットは肩を竦めた。

「挨拶してこようかしら。あなたの、元婚約者として――」

「やめろ。私に近づいてきて、何が望みだ」

「庭園でも歩きながら、二人きりで話がしたいの」

「お前と話すことなど無い」

「そう。じゃあ、やっぱり可愛らしい奥方様にご挨拶をさせて頂こうかしら」

ヴィオレッタには会わせたくない。性格の悪いシャーロットのことだから、不快な想いをさせるに違いない。

意地の悪い笑みを浮かべるシャーロットに、リヒターは舌打ちして踵《きびす》を返す。

「クラウス。私は少し席を外す。ヴィオレッタを頼む」

友人に妻を託すと、彼は足早にホールの窓辺へ向かう。窓の外はテラスがあり、自由に庭園へ出ることができるのだ。

リヒターは追いかけてくるシャーロットを振り向きもせずにテラスに出ると、庭園へ続く階段を降りて、洒落た造りの外灯の下で足を止めた。

ホールから漏れ出す明かりで庭園は照らされ、招待客たちの声が聞こえてきた。

「それで、私に話とは？」

「少し歩きましょうよ。久しぶりに会ったんだから」

リヒターはゆっくりと歩き出すシャーロットと一定の距離を空けつつ、歩を進める。

庭園の中央にある噴水を回ってホールの近くまで戻ってきても、一向に話を切り出さないシャーロットに痺れを切らしたリヒターは口を開いた。

「話が無いのなら戻る」

「待って。……実は、あなたにお願いがあるの」

近くの外灯の明かりが、シャーロットを照らしている。彼女は真剣な面持ちだ。

「夫が亡くなってから遺された財産で暮らしていたんだけど、それが底を尽きそうなの。昔のよしみで、お金を貸してほしいのよ」

この女は恥というものを知らないのかと、リヒターは呆れて言葉も出てこなかった。

不貞を働いて裏切った元婚約者に向かって金を貸せなんて、よく言えたものだ。

「何人かの知り合いから援助をしてもらったけど、それも長くもたないわ。少しでいいのよ、リヒター。必ず返すから」

シャーロットが甘い声を出しながら、すり寄ってくる。腕を引っ張られて胸を押しつけられそうになったので、リヒターは強く振りほどいた。

「私に触るな。お前みたいな女に金を貸すものか」

「そんなこと言わないで。本当に困っているのよ」

「身から出た錆だ。夫が遺した財産とやらも、派手なドレスかアクセサリーでも買って浪費したのだろう。そういう女だからな」

「っ……」

「お前が困窮していようが、私には全く関係ない。二度と話しかけてくるな」

リヒターは淡々とした氷のような声で言い放つと、立ち竦んでいるシャーロットを一睨みして、その場を去ろうとする。

その刹那、感情を昂ぶらせた甲高い声が背中に刺さった。

「本当に冷たい男ね！　情の欠片もないんだから！」

ヒステリックに叫んだシャーロットが、振り返るリヒターに向かって攻撃的な言葉をぶつけてくる。

「しばらく会っていなくても、あなたの噂は聞いていたわよ、リヒター。今は隠居した老爺《ろうや》のように田舎に籠もっているそうじゃない。ガルドの英雄と呼ばれていたあなたも、今じゃ見る影もないわね」

「…………」

「社交界の女性たちは、みんな、あなたを怖がっているわよ。顔の醜い傷だけじゃなく、冷たい態度や視線からあなたの冷酷な本性を感じ取っているのね。その証拠に、誰もあなたに近づこうとしない。英雄なんて呼ばれ方をされても所詮、陰気臭くて誰からも愛されない男なのよ」

「言いたいことは、それだけか」

リヒターがふつふつとこみ上げてくる怒りを押し殺しながら吐き捨てると、シャーロットは身を乗り出すようにして続けた。

「いいえ、もう一つ言ってやりたいことがあるわ！　あなたの奥方の話よ。目が見えなくて嫁き遅れの令嬢なんて、どんな気まぐれで娶ったのか知らないけど、あんな出来損ないの令嬢しか、あなたを相手にしてくれなかったんでしょうね。でも、あの子に、ちゃんと私の話はしてあげたの？

かつてのあなたが、どんなふうに私を口説いて求婚してきたか、事細かに語ってあげましょうか」

「……やめろ」

リヒターは拳を握りしめて、胸の内で渦巻き始めるどす黒い感情を抑えようとする。

ヴィオレッタを悪く言うな。お前との出来事も全て過去に葬り去った。

そもそも、あの頃はシャーロットを無垢な令嬢だと思い込んでいて、指一本触れていない。それなのに、二人の間に親密な行為があったかのような思わせぶりな言い方をするから、余計に腹が立ってくる。

「あなたときたら、戦地へ赴く前に〝愛している。私が無事に帰ってこられたら結婚してくれ〟って、私の前で跪いて誓いまで立てて――」

「やめろっ！」

空気を裂くような怒声が飛び出した。煽るように言葉を投げつけてくるシャーロットに我慢できなくなって、今にも胸倉を掴んでしまいそうになる。

その時だった。一触即発の空気に割りこむようにして、揺らぎのない澄んだ声が響く。

「リヒター様」

ハッとして振り返ったリヒターの目に飛びこんできたのは、リリアンに手を引かれながら佇むヴィオレッタの姿だった。

◇

リリアンが勧めてくれたマカロンはとても美味しかった。

すっかり気に入ってしまったヴィオレッタは、二つ目のマカロンを頬張る。

「私が実家の領地で療養している間、クラウスったら〝毎日手紙を書け〟とうるさかったのですよ。仕事の関係で王都を離れられないから、寂しくて仕方なかったんですって」

「仲がよろしいのですね。お手紙のやり取りをするなんて素敵です」

ヴィオレッタが微笑ましく相槌を打った時、リリアンが不思議そうに言った。

「あら、侯爵様がどこかへ行かれるみたいですよ。女性とご一緒のようだけれど」

「女性？」

「あれはシャーロット様ですね。夜会で何度か見かけたことがあります」

聞き覚えのある名前だったので、ヴィオレッタはぴたりと動きを止めた。

──私にはシャーロットという婚約者がいた。

確か、リヒターと二人で出かけた時に、彼が話してくれた元婚約者の名前だ。

「一年前に旦那様を亡くされた未亡人の方です。そういえば、シャーロット様は以前、侯爵様と……」

リリアンも破棄された婚約の件を思い出したのか、途中で口を噤んだ。

そこへ、リヒターと話していたはずのクラウスがやってくる。

「ヴィオレッタ。リヒターは用ができたみたいで、少し席を外すそうだ。ここでリリアンと待っていてくれ」

「クラウス。侯爵様はシャーロット様とご一緒のようだったけれど、何かあったの？」

「ああ、いや……たいしたことじゃないよ。ちょっと話をしてくるだけだろう」

「おお、クラウス殿。今日はお招き頂きありがとうございました」

「子爵殿。ようこそお越しくださいました」

子爵に話しかけられたクラウスが、リリアンの質問から逃げるように挨拶を始めた。

ヴィオレッタは、そっとリリアンに問う。

「リヒター様は、その女性とどちらへ向かいましたか？」

「テラスに出たようだから、おそらく庭園じゃないかしら」

リヒターは以前、元婚約者に裏切られたのが原因で女性と距離を置いていたと話してくれた。彼の口ぶりからは元婚約者を嫌っていたようだし、何か理由が無い限り二人きりで話をしに行くなんて考えにくい。

でも、かつての婚約者同士で、何を話すというのだろう。

胸の中に、もやもやとしたものが生じて、段々と大きくなっていく。

ヴィオレッタは深呼吸をしてから、リリアンの手を引いた。

「リリアン。リヒター様が行かれた庭園へ、私を連れて行ってくれませんか」

「でも、ここで待っていたほうがいいのでは……」

「お願いします」

いつもであれば、ヴィオレッタも大人しくリヒターを待っていて、そんな申し出はしなかっただろう。だが、彼が一緒に姿を消したのは昔の婚約者だ。そのことが引っかかって、どうしても黙っていられなかったのだ。

沈黙の間から、リリアンの戸惑いが伝わってきたが、

「……分かりました。行ってみましょう」

「ありがとうございます」

ヴィオレッタがリリアンの手を借りて歩き出すと、クラウスが「あ、ちょっと待って」と背後で言うのが聞こえたが、話をしている男性に引き留められたようだ。

その間に、リリアンがヴィオレッタの手を握って、開放されている窓からテラスに案内してくれた。

テラスに出た瞬間、夜の空気が頬を撫でていく。ホールの中は食べ物の甘い香りや、女性が纏う香水《パヒューム》の匂いに満たされていたが、リリアンに連れられて階段を降りるうちに、ほのかに庭園の花の

香りがした。

「侯爵様を見つけました。何かお話をされているようです」

芝生が敷かれた庭園を歩きつつ、リリアンが声をひそめて話しかけてきた時、女性のヒステリックな声が鼓膜を貫く。

「本当に冷たい男ね！　情の欠片もないんだから！」

ヴィオレッタはリリアンと連れ添って、声のするほうへと近づいて行った。

「あなたの噂は聞いていたわよ、リヒター。今は隠居した老爺のように田舎に籠もっているそうじゃない。ガルドの英雄と呼ばれていたあなたも、今じゃ見る影もないわね」

リヒター。その名前が出てきたということは、居丈高《いたけだか》に話している女性がシャーロットなのだろう。

「社交界の女性たちは、みんな、あなたを怖がっているわよ。顔の醜い傷だけじゃなく、冷たい態度や視線からあなたの冷酷な本性を感じ取っているのね。その証拠に、誰もあなたに近づこうとしない。英雄なんて呼ばれ方をされても所詮、陰気臭くて誰からも愛されない男なのよ」

「言いたいことは、それだけか」

敵意と皮肉が籠もった言葉を矢継ぎ早にぶつけられ、リヒターは口調こそ落ち着いているが、声色からは怒気を感じられた。

「いいえ、もう一つ言ってやりたいことがあるわ！　あなたの奥方の話よ。目が見えなくて嫁き遅れの令嬢なんて、どんな気まぐれで娶ったのか知らないけど、あんな出来損ないの令嬢しか、あなたを相手にしてくれなかったんでしょうね」

これはヴィオレッタの話だ。目が見えなくて嫁き遅れの令嬢。出来損ないの令嬢。陰でそう言われていたのは知っていたが、こうしてハッキリと聞くのは初めてで、胸の奥がズキンッと痛んだ。

立ち止まるヴィオレッタの肩を、リリアンが気遣うように抱いてくれている。

「でも、あの子に、ちゃんと私の話はしてあげたの？　かつてのあなたが、どんなふうに私を口説いて求婚してきたか、事細かに語ってあげましょうか」

「……やめろ」

口説いて、求婚した。胸の中のもやもやが大きくなっていく。

ヴィオレッタが両手をぎゅっと握りしめた時、甲高い声で喋っていたシャーロットが嘲笑交じりに言い放った。

「あなたときたら、戦地へ赴く前に〝愛している。私が無事に帰ってこられたら結婚してくれ〟って、私の前で跪いて誓いまで立てて——」

「やめろっ！」

堪忍袋の緒が切れたのか、立腹したリヒターが怒声を張り上げている。

一言一句、逃さずに聞いたヴィオレッタは唇をわななかせた。

愛している。過去に、そんな言葉を、リヒターはシャーロットに捧げていたのか。

……私は一度も、そんなふうに愛を囁かれたことがない。

頭の中をふっと過ぎった考えと、堪えきれなくなった感情に背中を蹴飛ばされるようにして、ヴィオレッタは二人の会話に割りこんだ。


「リヒター様」


感情にはさざ波が立っていても、彼女の口調には波一つ立っておらず、静かだった。

リヒターとシャーロットの会話が、糸を切ったように途切れる。

ヴィオレッタはリリアンの手をそっと離して、前に出た。

目の前は、どこまでも真っ暗な闇が続いている。リヒターの居場所も、どれだけ前に進めば彼のもとに辿り着けるのかも分からない。

眼前の闇に向かって手を差し伸べた。

「リヒター様。どこですか?」

「ここにいる」

芝生を踏む音がして、手を取られる。節くれだった大きな手はリヒターのものだ。

「君は、どうしてここにいるんだ」

「あなたのことが気になって、リリアンにお願いして、後を追ってきました」

「……そうか。話を聞いていたんだな」

ヴィオレッタが小さく頷けば、リヒターが彼女の手を引いて歩き出す。

「聞き苦しいものを聞かせた。……今日はもう屋敷へ帰る。リリアンも行こう」

「は、はい」

「……っ、待ちなさい！　話はまだ終わって……」

「シャーロット」

リヒターの口調は抑揚がなく、今まで聞いたこともないくらい怒気を孕んでいた。

「二度と私の前に現れるな。もし、また近づいてきたら容赦しない」

彼はそう言い捨てて、絶句しているシャーロットを残してホールに戻っていく。

そこからは慌ただしかった。ヴィオレッタはクラウスやリリアンと碌に挨拶もできないまま馬車に乗せられて、屋敷への帰路につく。

ヴィオレッタは、しばらく石畳を走る車輪と馬蹄の音に耳を澄ませていたが、リヒターの視線を痛いほど肌で感じており、とうとう重たい口を開く。

「先ほどの女性が、あなたの元婚約者の方ですね」

「ああ。未亡人になって困窮していて、金の無心をされた。それで言い争いになった」

ヴィオレッタはリヒターの声がするほうへ視線を向ける。

かつて不貞を働いた元婚約者から金の無心をされたら、怒るのは当然だ。激しい言い争いに発展してしまうのも納得がいく。

「君は、どこから話を聞いていた」

「あの方が、情の欠片もないと叫んでいらっしゃったところです」

「そうか。あの女の言ったことは、何も気にしなくていい」

そう言われても、攻撃的な台詞の数々はヴィオレッタの耳に残っている。すぐには忘れられないだろう。リヒターとヴィオレッタ個人に対する罵声もそうだし、婚約していた頃の話を切り出された時は、胸がもやもやして不愉快な想いをした。

――戦地へ赴く前に〝愛している。私が無事に帰ってこられたら結婚してくれ〟って、私の前で跪いて誓いまで立てて――。

愛している。ヴィオレッタは一度も、もらったことのない言葉だ。

羨望か、嫉妬なのか、判別のつかない負の感情に焼かれて、ヴィオレッタは両手をきつく握りしめた。こんな気持ちになるのは初めてだった。

「ヴィオレッタ。言いたいことがあるのなら、ハッキリと言ってくれ」

「言いたいことなど、ありません」

「ならば、物言いたげな表情で私の顔を見つめるな」

「そんな表情はしていませんし、見つめていたわけでもありません。……この話はやめにしましょう。先ほど聞いた会話についても、忘れることにします」

ヴィオレッタは話を終わらせて、彼のほうを向いたまま黙りこむ。

馬車の中は重苦しい空気に包まれたが、先に沈黙を破ったのはリヒターだった。

「君はまるで、見えているかのようにこちらを射貫いてくるな」

「気のせいでしょう。私は、あなたの声が聞こえるほうに顔を向けていただけです」

「そうなのかもしれないが……君の視線は真っ直ぐだから、皆が揃って〝醜い傷〟と目を背ける顔の傷痕まで、見られているような気になってくる」

「リヒター様のお顔に傷があっても、私は気にしません」

「どうだろうな。ホールに入った時にも感じただろう。私の顔を見れば、誰も近づいてこない。あの女が言っていた通りなんだ。君もきっと、私を怖がる」

「……どうして、そんな言い方をなさるの？」

投げやりに断言するリヒターに、ヴィオレッタは思わず口調を強くする。

シャーロットとのやり取りには互いに思うところがあって、頭を冷やしてから話をするべきだと分かっているのに、ヴィオレッタは彼の物言いにひどく腹を立てていた。

醜い傷？　誰も近づいてこない？

そんなのは、彼の人柄を知らない周りが勝手に言っていることだろう。

「あなたのお顔に傷があることは、私だって知っています。でも、たとえ私の目が見えていたとしても、その傷が醜いだなんて思ったりしません。あなたの傷は戦場で負ったもので、痛みに耐え抜いた証でしょう。それなのに……あのシャーロットという女性の言い分を真に受けて、そうやって投げやりな言い方をされると、とても腹が立ちます」

「っ……」

「私の目が見えているかのようだという指摘も……私には何も見えていません。あなたがどんなお顔をしていて、どんな表情で私を見ているのかさえ、私には分からないのです」

ヴィオレッタが唇を噛みしめて俯き、それ以降だんまりを決めこむと、リヒターの動く気配があった。そっと手を取られる。

「ヴィオレッタ……今のは、私が悪かった。少し気が立っていて、もう少し発言に気を遣うべきだった。本当に、すまない」

ヴィオレッタは、ぎこちなく謝罪してくるリヒターの手を振り払い、顔を背けて唇を固く結んだ。

車内の空気が、ずしりと重みを増す。リヒターも話しかけてこない。

今、リヒターはどんな顔をしているのだろうと、ヴィオレッタは思った。

苦虫を噛み潰したような表情で窓の外を見ているのだろうか。

それとも、後悔に暮れながら沈鬱な顔で、ヴィオレッタを見ているのだろうか。

しかし、相手の仕草や表情、そこから判断できる心の機微もヴィオレッタには読み取ることができない。

結局、屋敷に到着するまで車内の空気は凍りついたままで、どちらも口を開くことはなかった。

第六章　この目で見たいもの

夢は過去の凄惨な記憶を、何度でも蘇らせる。

ヴィオレッタは雨の降りしきる宵闇に佇んでいた。雨は哀しみと恐怖を連れてきて、鳴り響く雷が彼女を絶望のどん底へと突き落とす。

閃光が空を裂いて辺りを照らした。ぬかるんだ地面に母と兄が倒れている。急いで駆け寄ろうとするが、足が重たくてなかなか前に進まない。

必死になって二人のもとへ辿り着いたが、どちらも息をしていなかった。

『ああ……あああっ……』

ヴィオレッタは恐怖に震えながら顔を覆った。二人は私のせいで死んでしまったのだ。底なしの後悔と自責の念に打ちひしがれて絶望する。

どうして、私だけが生き残ってしまったの。私こそが死ぬべきだったのに、母と兄を死なせてしまった自分が、このまま生き続けることに意味なんてあるのだろうか。

雨と雷鳴のもと、激しく泣きじゃくっていたら、ふと誰かの言葉が聞こえてきた。

――彼らのぶんまで精一杯生きるしかない。


それは、あの人がくれた言葉だ。

ヴィオレッタは涙に濡れた顔を上げた。いつの間にか雨と雷は消え失せて、母と兄の姿も見当たらない……いや、前後左右の視界が真っ暗で見えないのだ。

彼女は恐怖に襲われたが、これで何も見なくて済むのだと思ったら、安堵の想いがこみ上げてくる。

だが、またしても頭の中で声が響いた。


――〝何も見たくない〟という言葉は、とても悲しいものだ。


どこからか手が伸びてきて、ヴィオレッタの頭を優しく撫でてくれる。この手が誰のものなのか、彼女は知っていた。

『……リヒター様？』

闇に向かって名を呼べば、また声が降り注ぐ。

――いつか、君が本当に何かを見たいと思える日がくることを、私も祈ろう。

『私が、何かを見たいと思える日』

そんな日は、きっと来ない。見えないことは悲しいが、ヴィオレッタはその状態を受け入れてしまっている。

どうしても見たいと心から願うものなんて、見つけられていない……本当に？

ヴィオレッタは顔を上げた。とても素敵な声をしていて、言葉は素直じゃないのに優しさに溢れていて、彼女を大切にしてくれる人――リヒターがすぐそこで頭を撫でてくれているのに、その姿を見ることはできない。

『見たい、もの』

もしも、この目に光が戻った時、見てみたいものが一つあるかもしれない。

ヴィオレッタは目の前の闇に向かって両手を伸ばし、口を動かした。

私は、あなたの姿を――。

「ヴィオレッタ」

肩を揺さぶられて眠りから覚める。心配そうな声で話しかけられた。

「大丈夫？　すごく、うなされていたよ」

「……ああ、エリザ……」

今のは夢だったのか。ヴィオレッタは傍らにいる少女を抱き寄せる。

ゲストルームで眠っているヴィオレッタのもとに、またエリザベータが一緒に寝てほしいと言って訪ねてきたので、ベッドに入れてあげたのだ。

「ちょっと、怖い夢を見ていたの……起こしちゃったかしら」

「わたしは平気。リヒター伯父様と一緒にねていた時も、たまに伯父様はうなされていたの。そういう時は、わたしがおこしてあげていたのよ」

ふわぁ～と欠伸をしているエリザベータの髪を撫でていたら、小声で訊かれた。

「ヴィオレッタ……リヒター伯父様とケンカしたの？　一緒にねていないし、食事の時も話をしていないもの」

王都の屋敷には侯爵夫婦の寝室が一つしかないため、本来ならば一緒に寝ているはずなのだ。しかし、ヴィオレッタはゲストルームを使っている。リヒターと会話もせず、よそよそしくふるまっていたから、エリザベータも気づいていたらしい。

「そうね。ケンカみたいなものかしら。ちょっと、色々あったの」

「リヒター伯父様ったら、ヴィオレッタとお話しできなくてイライラしているみたい。早く仲なおりしてあげて。そうじゃないと、そのうち怒りだしそう」

「……うん」

十歳の少女に窘められてしまっては、頷く他ない。

エリザベータが甘えるようにくっついてきて、眠そうな声で言う。

「伯父様が本気で怒ると、とってもこわいの」

「エリザは、リヒター様に怒られたことがあるの？」

「あるよ。前に、お母様とお父様のお話をしたでしょ。二人にどうしても会いたくて、よく泣いていたんだけど……一度だけ、リヒター伯父様がすっごく怒ったの」

「どうして怒られたの？」

「わたしも、二人のところにいきたい……死んじゃいたいって、言ったから」

消え入りそうな告白に、ヴィオレッタは息ができなくなりそうだった。

「リヒター伯父様は、とっても怒ったわ。お父様と、お母様のぶんまで、わたしが生きなきゃいけないんだって……わたし、いっぱい泣いたの。リヒター伯父様は、泣いているわたしを、ずっと抱きしめてくれた」

「……そうだったのね」

両親を恋しがり、死にたいとまで口にしたエリザベータの気持ちがヴィオレッタには痛いほど分かった。母親の後を追いたいと泣きじゃくる幼い少女の姿を目の当たりにしたリヒターは、どんな思いで叱ったのだろう。

考えただけで胸が苦しくなってきて、ヴィオレッタはエリザベータを抱きしめる。

「わたしね、最近ちょっとだけ伯父様の言っていたことが、わかってきたの。うまく言えないんだけど……わたしが幸せになれば、お父様もお母様もきっとよろこぶでしょ」

「喜ぶ？」

「わたしが楽しく、幸せに暮らしていたら、二人ともにっこり笑ってくれるわ。お父様のことは、よくおぼえていないけど、お母様はとってもやさしかったから」

両親を亡くしても前向きに生きている少女の言葉一つ一つが、目には見えない心の傷にしみていく。

亡くなった人のぶんまで生きて、幸せになる。そうすれば、彼らも喜んでくれる。

ヴィオレッタは、今までそんなふうに考えたことがなかった。

もしも、母と兄が幸せになるヴィオレッタの姿を天国から見ていたら、どう思うのだろうと想像を巡らせてみる。すると、にっこりと笑っている二人の姿が頭を過ぎり、目尻に涙が溜まってくる。

あんな事故で死に別れた二人には恨まれていても仕方ないと思う。けれども、どれほど考えても、母と兄がヴィオレッタの不幸を望んでいる姿は思い浮かばなかった。

二人とも、ヴィオレッタを愛してくれていて、とても優しかったから。

ぎりぎりまで堪えていた涙が溢れ出して目尻を伝い落ちていく。

「ヴィオレッタ？」

声を殺して泣き出したヴィオレッタに、エリザベータが戸惑っている。

「急に、どうしたの？」

「……なんでも、ないわ」

「だけど、泣いているよ。どこか、いたいの？」

「ううん……どこも、痛くないよ」

「そんなに泣かないで、ヴィオレッタ。よしよし」

エリザベータに頭を撫でられて、ヴィオレッタはより一層、涙を溢れさせた。

リヒターと結婚した時、自分には幸せになる資格があるのだろうかと疑問を抱いた。

光を失って、疎まれながら生きている意味が分からなくなった時もあった。

——彼らのぶんまで精一杯生きるしかない。

精一杯生きて、幸せになる。厳しくも情の深い夫と、両親を亡くしても懸命に生きている少女が言うように、それが亡くなった人にしてあげられることなのかもしれないと、ここでようやくヴィオレッタの心は前向きな思考を受け入れた。

そして母と兄の死について、今までのような自責の念ではなく、彼らのぶんまで自分がどうやって〝生きていきたい〟のかと、考え始めることになる。

舞踏会から数日後、王都を発ってヘーゲンブルグ領に帰ってきた。

ヴィオレッタはリヒターと仲直りできておらず、依然として気まずいままだった。

一方的に腹を立てるという形で終わってしまっているので、ヴィオレッタも自分から謝るべきだとは分かっていたが、帰りの道中、リヒターはほとんど喋らなかった。そのせいでヴィオレッタまで口数が少なくなり、言葉を交わすのは馬車の乗り降りの際に手を貸してもらう時くらいで、すっかり仲直りの機会を逸していたのである。

しかも、ヘーゲンブルグに帰ってくると、リヒターは溜まっていた領地の仕事を片づけるために書斎に籠もってしまった。

昼間は視察などに出かけていることが多く、夜は遅くまで執務をしており、共に過ごす時間が激減して仲直りどころではない。

そんな状態で更に数日が過ぎて、ヴィオレッタは部屋でどうしたものかと考えていた。憂鬱な想いで窓辺に歩み寄る。

ターニャが窓を開けてくれたので、窓の外に手を出してみると、肌寒い風を感じた。

「風が冷たいわね」

「山のほうで雨が降り、空気が冷えているのかもしれません。空も曇っていますし、この調子だと午後から雨が降り出しそうです」

「雨は嫌い。もちろん雷もね。あの事故を思い出すから」

ぽつりと呟けば、冷たくなった手を、ターニャが握ってくれる。

言葉少なに寄り添ってくれるメイドは、ヴィオレッタが事故に遭った当時も世話をしてくれていた。だから、ヴィオレッタが雨と雷に怯えることも知っている。

「もう四年も経ったのね。……ターニャ。ずっと私の側にいてくれてありがとう」

「もったいないお言葉です。使用人の娘だった私を、お側仕えのメイドにしてくださったことは今でも感謝しております。文字の読み書きまで教えて頂きました」

「教えたというよりも、一緒に勉強したんでしょう。あなたは年齢が近かったから、話しやすかったしね。そういえば昔、家庭教師に山ほど出された宿題を一緒に片づけてくれたわよね」

「はい。朝までかかりました」

「それで寝坊して、家庭教師に叱られた」

「私も旦那様に叱られました」

気心の知れたメイドと語り合っていたら、ノックの音がしてエリザベータが入ってきた。どうやら大好きなキャンディの箱を抱えて遊びに来たようだ。

しんみりとしていた室内が騒がしくなり、ヴィオレッタはエリザベータに手を引かれるままカウチに腰かけた。

キャンディの包みをガサガサと開けていたエリザベータが、呆れたように言う。

「ヴィオレッタ。リヒター伯父様と、まだ仲なおりしていないの？　どうしてケンカをしたのか知らないけど、早くあやまっちゃえばいいのに」

「なかなか、リヒター様と話をする機会がないの。一回だけ書斎を訪ねたんだけど、忙しいから後にしてくれって追い払われてしまったのよ」

「リヒター伯父様は、がんこだからね。でも、きっとヴィオレッタと仲なおりしたいって思っているはずだよ」

「そうなのかしら」

「そうよ。だって、ヴィオレッタのことが大好きだもの。見ていればわかるよ。あの伯父様がヴィオレッタと一緒にいる時は笑っているんだから。めずらしいんだよ」

「リヒター様が笑うのは、珍しいの？」

「うん。リヒター伯父様は、いつもおでこにシワを寄せていて、じろりって睨んでくるのよ。わたしは、慣れっこだからこわくないけど……ねぇ、トーマス。伯父様って笑わないよね」

戸口で控えている執事のトーマスにエリザベータが声をかける。すると、穏やかな声で返答があった。

「閣下は厳格な父君に教育を受け、規律の厳しい軍学校も出ておられます。そのため、侯爵として、そして軍人としても感情を律する術に長けておられるのですよ」

「なんだか、むずかしい言葉がたくさん」

「つまり、閣下が笑われるのは珍しいということです」

「やっぱりそうなんだ。ほら、わたしの言ったとおりでしょ」

エリザベータがヴィオレッタの手を握って、ぶんぶんと揺すってくる。

ヴィオレッタにしてみれば、リヒターの声に反応するたびに笑われているイメージがあったから、意外な事実に瞠目していると、斜め後ろにいたターニャが囁く。

「ヴィオレッタ様も、侯爵様やエリザベータ様と一緒にいらっしゃる時はよく笑っておいでですよ。ここへ来るまでは、沈んだ表情ばかりされておりましたから」

言われてみれば、確かにそうなのかもしれない。ヘーゲンブルグへ来てから、ヴィオレッタはトラモント家で暮らしていた頃よりも笑うようになった。

「じゃあ、やっぱり仲なおりしたほうがいいよ。リヒター伯父様とヴィオレッタが一緒に笑っている姿が、わたしは見たいもの」

エリザベータが拗ねたような口調で言い、腰に抱きついてくる。

ヴィオレッタは甘える少女を膝に抱き上げてやって、そうねと相槌を打った。

ちゃんとリヒターに謝って、仲直りしよう。それで、母と兄の死について自分の気持ちが変化しつつあることを伝えて、彼とこれからの話をするのだ。

その時、窓のほうから雨の粒がガラスに当たるパタパタという音がした。

いよいよ雨が降ってきたようだ。

◇

午後からずっと強い雨が降り続いている。

書斎の窓辺で、バケツをひっくり返したような雨だなと思いつつ外を眺めていたリヒターの耳に、慌ただしい足音が聞こえてきた。

「閣下！」

執事のトーマスだった。いつも物腰柔らかく、落ち着いているトーマスが慌てているのを見て、リヒターは眉根を寄せた。

「どうした、トーマス」

「近くの鉱山の管理をしている者から火急の知らせが届きました。雨のせいで地盤が緩み、鉱山へと続く山道で土砂崩れが起きたようです。鉱夫の何人かが巻きこまれて、行方不明だとか。現在、鉱夫たちが総出で掘り起こしているようです」

報告を聞いたリヒターは表情を険しくすると、書斎を飛び出す。

「すぐに馬を用意しろ。私は使用人を何人か連れて、鉱山へ向かう。二度目の土砂崩れが起きる前に何とかしなければ」

トーマスに指示を出しながら階段に差しかかったところで、ターニャに手を引かれたヴィオレッタが通りかかった。

「リヒター様。慌ただしいようですが、何かあったのですか？」

「鉱山で土砂崩れが起きた。鉱夫が巻きこまれたらしい。現場に行ってくる」

「お待ちください。この雨の中を鉱山へ向かうのですか」

「私は領主だ。こういった有事の際は、私が指示をしなくてはならない。幸いにも鉱山は近いから、直接指揮を執る。被害が大きくなる前にな」

リヒターが階段を降りようとしたら、ヴィオレッタが両手を伸ばして縋りつくように彼の腕を掴んできた。

「リヒター様っ……」

「ヴィオレッタ？」

「こんな強い雨が降っている中で、土砂崩れの現場に足を運ぶのは危険でしょう。でも、あなたの役目は承知しております。どうかご無事でお帰りください」

怯えて震えているのかと思ったら、ヴィオレッタはしっかりと顔を上げていた。

視線は合わないけれど、彼女の澄んだ目からはリヒターへの信頼と、一抹の不安が読み取れた。

リヒターはヴィオレッタの手を握りしめて応える。

「心配するな。必ず戻ってくる」

ヴィオレッタの空いた手がリヒターの肩を辿り、頬へと添えられた。そうやって彼女に顔を触れられるのを、もう嫌だとは思わなかった。

「あなたが戻ってきたら、話したいことがたくさんあります。いってらっしゃいませ」

「ああ」

リヒターは頷き、ヴィオレッタを置いて階段を駆け下りていく。トーマスが持ってきたレインコートを着ると、そのまま屋敷を飛び出した。

数人の使用人とともに馬に飛び乗り、土砂降りの中、鉱山を目指す。

屋敷から大よそ三十分ほど走り、土砂崩れの現場に到着した。雨によって緩んだ地盤が滑り落ち、山肌が大きく抉れていて、山道は土砂によって分断されている。

激しい雨が降っている中で、鉱夫たちや近くの領民が各々シャベルで土を掘り起こしていた。日が暮れて周辺は暗くなり始めていたが、あちこちに坑道で使うカンテラが置かれていて、周辺の惨状を照らし出している。

リヒターは馬から飛び降りると、鉱山を管理している男を見つけた。

「ああ、侯爵様！　来てくださったんですね！」

「今、どんな状況なんだ」

「土砂に埋もれた鉱夫を三人見つけました。三人とも生きていましたが、残りの二人が見つからないのです。総出で探していますが、もしかしたら、もっと下のほうまで押し流されたのかもしれません」

リヒターは現状を確認し、馬に乗せてきたシャベルを持って掘り起こす作業に交じる。

雨の勢いは止まらず、雷鳴まで轟いている。二度目の土砂崩れの危険性が増していく中で、シャベルで掘っていた領民の一人が声を上げた。

「一人いたぞ！　まだ息があるようだ！」

埋まっていた男が一人、泥の中から引きずり出されていく。

リヒターは手を翳《かざ》して雨を遮りながら、抉れた斜面を見上げた。上のほうからコロコロと小さな石が転がってくる。これ以上は危険かもしれない。

「また土砂崩れが起きて巻きこまれたら大変なことになる！　一旦、全員避難しろ！」

大きな声で指示を飛ばして避難を促していた時だった。ゴゴゴと不吉な音がし始め、地が揺れ出した。土砂崩れの前触れだ。

リヒターは作業している者たちを下りの山道へ押しやり、全員が移動したのを確認してから、彼自身もシャベルを担いで避難を始めた。

しかし、数歩も歩かないうちに揺れが大きくなり、土砂の波が襲ってくる。

「侯爵様！」

前にいた使用人と鉱夫が手を伸ばしてきたので、咄嗟に掴んでぎりぎりで土砂に巻きこまれずに済んだ。背後で凄まじい音が鳴り響くのを聞きながら山道を走り出すが、土砂崩れの激しさで大きく地面が揺れた際に、足を滑らせて身体のバランスを崩す。

「っ！」

しまった、と思った瞬間、支えきれなかった身体が斜面に叩きつけられていた。辺り一帯を巻きこむようにして崩れていく土砂に乗り、下方へと流されていく。

「侯爵様が巻きこまれたぞ！」

「何てこった！」

カンテラの明かりと、焦りの交じった声が遠ざかっていき、リヒターの視界が闇色に染まっていく。

為す術もなく斜面を滑り落ちながら、こんなところで意識を失うんじゃないと自分を叱咤《しった》していた時、頭を過ぎったのは屋敷を出る時の、妻の顔だった。

——どうかご無事でお帰りください。

「ヴィオ、レ、ッ……」

言葉が途切れて、彼の意識もまた、暗闇の底へと落ちていった。

◇

ヴィオレッタは窓辺に座って、窓の外の音にじっと耳を澄ませていた。

リヒターが屋敷を発ってから数時間が経過している。ザアア。ゴロゴロ。雨に呼び寄せられて雷まで鳴り始めていた。四年前の夜を彷彿とさせる天候だ。

膝の上で祈るように両手を組んで雨音に意識を集中していたら、慌ただしい足音が聞こえてきて、開け放っておいたドアからトーマスが駆けこんでくる。

「奥様！　鉱山から火急の知らせが届きました！」

「何かあったの？」

「それがっ……二度目の土砂崩れが起きて、閣下が行方不明になったと！」

リヒターが行方不明。その報告に、ヴィオレッタは崖から突き落とされたようなショックを受けた。呼吸の仕方を忘れて、しばらくその場で固まってしまう。

「かなり地盤が緩んでいて現場に近づくことができず、捜索できない状態だそうで……」

「あぁっ……リヒター様っ……！」

ヴィオレッタは勢いよく椅子から立ち上がって駆け出そうとするが、テーブルの端にぶつかって床に倒れこんでしまった。すぐにターニャが手を貸してくれる。

「ヴィオレッタ様」

「っ、こんな激しい雨の中、土砂崩れに巻きこまれたのなら一刻を争う事態よ。すぐにでも捜索しなければ、あの人がっ……」

続きを口にすることができなかった。それを言葉にしてしまったら、恐ろしい現実になってしまう気がして、ヴィオレッタは床に蹲ったまま唇を噛みしめる。

その時、ドアのほうから今にも泣きそうな声が聞こえてきた。

「リヒター伯父様が、土砂くずれに巻きこまれたの？」

エリザベータだ。部屋で大人しくしていなさいと言いつけてあったのに、騒ぎを聞きつけてやって来たらしい。

「土砂くずれって、山がくずれちゃうやつでしょ。リヒター伯父様が、それに巻きこまれたって、どういうこと？」

「エリザ……」

「そんなのに、巻きこまれたら……リヒター伯父様が、死んじゃうよ……！」

甲高い声で叫んだエリザベータが、次の瞬間、大声を上げて泣き始める。

「わぁーんっ……いやぁっ……伯父様が死んじゃうの、やだぁっ……」

エリザベータが走ってくる音がして、ヴィオレッタにしがみついてきた。

「わたしが、おおきくなるまで……そばにいてくれるって、言ったのにっ……ふえっ、やだよぉ……伯父様ぁ……っ」

少女の悲鳴にも似た泣き声が響き渡る。エリザベータにとってリヒターは亡くなった両親に代わって育ててくれている、親同然の人なのだ。

エリザベータの涙に誘発されてヴィオレッタまで泣きそうになってきたが、息を吸ってぐっと堪える。ここで泣いてはダメだ。まだ行方不明という知らせが届いただけで、彼の生死を決めつけるのは早すぎる。

ヴィオレッタは動揺で震える手を爪が食いこむほど強く握りしめてから、エリザベータを抱きしめ返した。安心させるように背中を撫でて言い聞かせる。

「エリザ。そんなに泣かないで。まだ、リヒター様が行方不明になったという情報しか入ってきていないのよ」

「……だけど……」

ヴィオレッタは泣きべそをかいているエリザベータをもう一度、ぎゅっと抱きしめて身を離した。こういう時こそ、しっかりしなくてはいけないのだ。深呼吸をして、自分が何をするべきなのかを考える。

窓の外では、四年前の夜と同じように雷がゴロゴロと威嚇していた。あの時は、激しい雨にも拘わらず、どうしても帰りたいと言い張って馬車を出したせいで事故が起きた。

リヒターが行方不明という状況下において、今すぐ捜しに行きたい気持ちでいっぱいだったが、感情に任せてなりふり構わず行動するのは危険だった。

彼のもとへ行くためには、この恐ろしい夜を支配している豪雨が、せめて小降りになってからでないといけない。

「トーマス。馬車の準備をして」

「奥様。まさか、この雨の中を鉱山まで行かれるおつもりですか?」

「ええ。でも、今すぐじゃなくて、雨が小降りになるまで待つわ。馬車にはカンテラと毛布を積んで、すぐに出られる支度をしておいて。それから、鉱山から知らせがあったら、真っ先に教えてちょうだい」

ヴィオレッタは毅然とした態度でトーマスに指示を出すと、腕の中で震えている少女の顔に両手を優しく添えた。表情を読み取るように指を滑らせたら、頬はぐっしょりと涙で濡れていて、眉と目尻が下がっている。

「……ヴィオレッタ……リヒター伯父様が、死んじゃったら、どうしよう……」

「エリザだって知っているでしょう。リヒター様は勇敢で、強い方よ。きっと生きていらっしゃるわ。だから、そんな言い方はしないで」

「……うん……」

「リヒター様が帰ってきたら、いつもみたいに元気よく〝おかえりなさい〟って言ってあげるの。分かった?」

「……うん、わかった……」

ヴィオレッタはこくんと首を縦に振ったエリザベータの額に、そっとキスをして立ち上がった。

「ターニャ。動きやすいドレスとブーツに着替えるから手伝って」

メイドの手を借りて、すぐに出て行けるように着替えながら、ヴィオレッタは自分にも言い聞かせていた。きっと大丈夫。彼なら生きている。

一階のリビングで、ヴィオレッタは抱きついて離れないエリザベータを撫でてやりながら、雨が小降りになるのを待った。

窓を少し開けているため、雷雨の音が室内にまで忍びこんでくる。ザアア。ドンッ、ピッシャーンッ！　雷が鳴るたびに身体が震えそうになるが、彼女はひたすらリヒターの安否を願っていた。

時刻が夜半を回り、明け方近くになった頃、土砂降りだった雨が勢いを弱めた。

ヴィオレッタは泣き疲れて眠っているエリザベータに毛布をかけてやり、ターニャを連れて玄関に向かった。馬車の支度は整っていて、見送りに来たトーマスに「エリザベータをお願いね」と声をかけると、馬車に乗りこむ。

現場へ向かう車内で、ヴィオレッタは一心に祈っていた。

どうか、彼が生きていますように。もう大切な人を失いたくないの。

鉱山に近づくにつれて、馬車の屋根にぶつかる雨音が少し強くなってくる。雷鳴まで近くなってきたが、ヴィオレッタは構わずに祈り続けた。

永遠にも思われる時間が経過して、ガッタンと馬車が揺れて停車する。

「ヴィオレッタ様。山道の入り口に着いたようです」

ターニャの声かけで、ヴィオレッタは顔を上げた。馬車のドアが開いた瞬間、雷雨の音が雪崩れこんでくる。

ヴィオレッタは腰が引けそうになるのを、ぐっと堪えた。そして、ターニャの手を借りながら馬車を降りる。

ターニャが差してくれた傘の下で、ヴィオレッタは周囲の音に耳を澄ませた。

どうやら周りには人がたくさんいるようで、領民たちの声がそこらじゅうから聞こえてくる。

「侯爵様の奥方様だって？」

「ああ。駆けつけたらしい」

「そういや、奥方様は目が見えないっていうのは本当なのか？」

「今はそれどころじゃないだろ。侯爵様が行方不明なんだから」

「リヒター様の捜索は再開しているのですか？」

ヴィオレッタが口火を切ると、領民たちは一斉に口を噤み、鉱山の管理人だという男が状況を説明してくれた。

「いいえ、まだです。一度は雨が小降りになったので再開したんですが、また強くなってきて周りも暗かったので、危険だと判断して引き上げてきました」

「そう。リヒター様の他に、巻きこまれた方はどうなりましたか？」

「五人巻きこまれて、四人は助けることができました。しかし、一人は侯爵様と同様に行方不明です。夜が明けたら、捜索を再開します」

ヴィオレッタは頷き、領民たちに労いと礼を口にすると、馬車に戻るのではなく、ターニャに指示をして山道のほうへと歩き出した。

「奥方様、そちらは危険です！」

「危ないのは理解しています。大丈夫、山道を上るわけではありません」

足元には大小さまざまな石が転がっており、ヴィオレッタは何度か転びそうになりながらも、山道に入るぎりぎり手前まで移動した。

ここにいれば、リヒターが戻ってきた時に、いち早く分かる。

「ターニャ。傘はいいわ」

「しかし、お身体が冷えます」

「平気。厚着をしてきたから要らないわ。それに……雨を感じたいの」

「………………」

ターニャが傘を閉じた。途端に、大粒の雨が身体を打ち始める。

ヴィオレッタは見えない目を天に向けた。暗くて何も見えないが、視力以外の感覚が語ってくれる。情け容赦のない雨と、轟音を纏いながら空を縦横無尽に駆け回る雷鳴。そして、泥と土の匂い。

雨に濡れながら母の亡骸を腕に抱き、稲光に照らされた惨状を前にして、もう何も見たくないと心から願った、あの夜と同じだった。

――お母様っ……お兄様っ……。

刹那に恐怖が蘇ってきて、今すぐここから逃げ出したくなる。

でも、ヴィオレッタは両手を握りしめて、その場に踏み留まった。あれほど恐れた雨に自分から打たれて、ゴロゴロと唸り声を上げながら威嚇してくる雷に臆さず、光を失った目を瞬かせる。今一番、会いたい人のことを考えた。

「リヒター様……」

彼に会いたい。どうか、生きて戻ってきてほしい。

ヴィオレッタは、返事がないと分かっていながら彼の名を呼び続けた。

それから長いこと雨に打たれて、雷鳴に威嚇されていても、ヴィオレッタはしっかりと地を踏みしめて立っていた。

空が明るみ始めたのか、捜索隊が準備を始める。雨も少し弱まってきていた。

行方不明になったと知らせを受けてから、随分と時間が経過していた。しかし、彼は戻ってこない。ヴィオレッタは冷えきった唇を動かす。

「……今の私には、何もできない」

周囲が見えない状態では、彼を捜すこともできずに、ただ待つことしかできない。

ヴィオレッタは、あまりの無力さに打ちひしがれてしまいそうだった。嘆いても仕方ないと分かっていても、涙が出るほど悔しくて仕方なかった。

「今すぐ、あなたを捜しに行きたいのに……」

何も見たくないと、全てを拒絶したあの日に遡り、自分を叱りつけてやりたい。

そんなふうに願ったせいで、あなたは大切な人を捜しに行けないの。それどころか、また失ってしまうかもしれないのよ、と。

無念の涙が溢れ出して、ヴィオレッタの頬を伝っていった。ドーンッ！　と、雷が轟いて遠くで落ちる音がする。

けれど、今は雨や雷よりも恐ろしいものがあった。

それは――彼を失うことだ。

ヴィオレッタは両手で顔を覆うと、悲痛な想いで囁いた。

「……この、目が……見えてさえ、いれば……」

この山のどこかにいるはずの、彼を捜しに行けたはずだ。

「そうすれば……あなたが、どこにいたって……」

絶対に見つけて、おかえりなさいって言いながら抱きしめるのに。

そして、ヴィオレッタは願った。

「……見えるように、なりたい……それで、あなたを捜しに行きたい……！」

かつて親しい人を失った悲哀と苦悩から、彼女の目は光を失った。

でも、今は強く思う。大切な人を失いたくないから、もう一度、失った視力を取り戻したい。

それに、今のヴィオレッタには〝この目で見てみたい〟と切望するものができた。

あの人――リヒターは、どんな顔をしているの？

どんな表情で私を見つめて、キスをするの？

知りたかった。見てみたかった。

愛する人をこの目で――。

刹那、ピッシャーン！　と、ひときわ大きな雷鳴が地を揺らし、ヴィオレッタは反射的に瞼をきつく閉じていた。それと同時に、頭へと強い衝撃が走って身体が揺れる。

「っ、う……」

「ヴィオレッタ様っ！」

ターニャに支えられたが、ヴィオレッタは脳天を貫くような頭痛で身を捩った。

しかし、ほんの数秒ほどで痛みは引いていき、ヴィオレッタが目眩《めまい》を振り払うように首を横に振った、その時だった。

「……ヴィオレッタ……？」

聞き間違いだろうか。彼女の名前を呼ぶ声がした。あまりに強い願望が生み出した幻聴かもしれない。

ヴィオレッタがこめかみに指を添えていたら、また、呼ばれた。

「ヴィオレッタ」

あれ？　やっぱり大好きな彼の声が聞こえる。

傍らにいるターニャがハッと息を呑んだ。

「侯爵様……！」

「……え？」

ヴィオレッタは瞼を開けたが、眩しくて目を閉じてしまう……眩しいって、どうして？

ある予感を抱いたヴィオレッタは、ごくりと唾を飲みこんで再び目を開けた。

まるで、長い夜が明けて暗闇に光が射すように、視界が明るくなっていく。

「あ……」

ヴィオレッタは愕然とした。周囲の光景が目に飛びこんでくる。

雨に濡れた木々や、ぬかるんだ大地。何故か驚きに目を瞠《みは》って立ち竦んでいる人々と、厚い雨雲から朝日が顔を覗かせて、明るくなり始めた空。そして、ぐったりとした鉱夫に肩を貸しながら、泥まみれで佇んでいる長身の男性の姿が――。

「もしかして、君も駆けつけてくれたのか。すまないな、心配をかけた」

ヴィオレッタは何か言おうとするのに、口を開けたり閉じたりするばかりで、言葉が出てこない。

彼女に話しかけてきた男性、リヒターが歓声を上げながら駆け寄ってきた鉱夫たちにぐったりしている男性を渡す。

「侯爵様！　ご無事で、本当によかった！」

「心配していたんですよ！　これから捜しに行くところだったんです！」

「ああ、心配させて悪かったな。斜面から滑り落ちたが、幸運にも土砂には埋もれなかったんだ。身体を強く打ちつけた程度で大きな怪我もしていない。しばらく意識を失っていたが、泥の上で目を覚まして、たまたま近くで呻き声を上げている男を見つけた」

「こいつは行方が分からなくなっていたヤツじゃないですか！　まさか、侯爵様が見つけたんですか？」

「そうだ。暗くて雨も降っていたし、土砂から掘り起こすのに少し時間がかかった。早く手当てをしてやってくれ」

担架を持った男たちが走ってきて、助け出された男を乗せて運んでいった。

それを見送ったリヒターがヴィオレッタに向き直る。見たところ大きな怪我は無いが、さすがに身体が痛むらしく、彼は腕を回しながら顔を顰めていた。

「君は馬車でここまで来たのか。雨が降っていたから大変だっただろう」

いつの間にか雨が上がっていて、雷もだいぶ遠くへ行ってしまっている。

ヴィオレッタは目の前に立つリヒターを仰いだ。そして、視線がリヒターの顔に釘付けになった。

眩い朝日によってリヒターの濡れた星色の髪が輝いている。顔は泥まみれだが、高い鼻筋が特徴的で精悍な顔立ちをしている。瞳の色はルビーのような深紅だ。

リヒターが濡れた前髪を邪魔そうにかき上げたので、頬を縦に走る傷が露わになった。

ヴィオレッタが顔を凝視しているせいか、彼は髪をかき上げた体勢で眉間に深い皺を寄せる。鋭く細められた目で睨み下ろされた。

エリザベータが言っていた通りだった。リヒターは本当に目つきが悪くて、じろりと睨んでくる。しかし、もう彼の人柄を知っているので、睨まれても怖くない。

「おい、ヴィオレッタ」

「……はい」

「あまり、私の顔を見つめるな。……あ、いや、見つめているわけじゃないと分かっているが、そう感じてしまうんだ。女性に凝視されるのは、あまり慣れていない」

リヒターがぶっきらぼうに言って、ますます目つきを鋭くした。急に人相が悪くなったが、その辺りからヴィオレッタの視界が歪んできて、ぽろぽろと涙が溢れ出す。

「あぁ……あっ……」

この目で、彼の姿がはっきりと見える。これは現実なのだ。

泣き出すヴィオレッタを前に、リヒターがぎょっとしたように目を見開いた。

「いきなり、どうした？」

「……あな……の……姿が……っ……」

「よく聞き取れないんだが、何て言ったんだ。ヴィオレッタ？」

狼狽しているリヒターに抱きつくと、ヴィオレッタは嗚咽の合間に告げた。

「……あ、あなたの、姿が……見え、ますっ……」

もう、何も見えなくてもいいと思っていた。見ることさえ諦めていた。

けれど、明瞭な視界で彼を見ることができるのが、この上もない喜びで、滂沱《ぼうだ》のごとく涙が流れていく。

この目が元に戻って、よかったと、今は心から思えた。

リヒターが唖然とした表情で見下ろしてきた。

「君は、目が見えるようになったのか」

「……はいっ……」

見守っていたターニャが口元に手を当てて泣き出すのが、視界の端で見えた。

ヴィオレッタはリヒターの顔に手を伸ばす。そっと頬に触れたら、彼の肩がピクリと動いて表情も硬くなった。けれど、ヴィオレッタが泣き笑いの顔を向けていたら、リヒターが肩の力を抜く。

「本当に見えているんだな」

確認されて、ゆっくりと首肯《しゅこう》したら、リヒターが深々と息をついて抱きしめてくれた。

ようやく戻ってきた温もりに、ヴィオレッタはまた、涙を溢れさせる。

朝日のもとで抱き合っていたら、脳裏に彼の台詞が過ぎっていった。


——いつか、君が本当に何かを見たいと思える日がくることを、私も祈ろう。


彼が祈ってくれた〝いつか〟が、こんな形で訪れるなんて夢にも思わなかった。

ヴィオレッタはリヒターの胸に頬を押しつけながら、囁く。

「おかえりなさい、リヒター様」

リヒターが、ぷいっと顔を背ける。上目で様子を窺えば、彼は口を尖らせていた。

「……ただいま」

ぶっきらぼうに応えてくれる彼への愛おしさがこみ上げてきて、ヴィオレッタは光を浴びて芽吹いた花のように、にっこりと笑っていた。

長く降り続いた雨がようやく上がり、空には虹がかかっていた。

ヴィオレッタは彼の腕の中から空を仰いで、ああ、と嘆息する。

これも彼の言っていた通りだ。

雨上がりの虹は、なんて美しいのだろう。

第七章　怖くないよ、大好き

すっかり太陽が昇った頃、ヴィオレッタは屋敷へ戻ってきた。

玄関の前でエリザベータが待っていて、馬車から降りるリヒターを見た瞬間、泣きながら走ってくる。勢いよく彼に飛びつき、ぐすっと洟を啜りながら言った。

「リヒター伯父様……おかえり、なさい……」

リヒターが軽々とエリザベータを腕に抱え上げて、柔らかい面持ちで頷く。

「ああ、ただいま。エリザ」

エリザベータを撫でる彼の姿は、伯父というよりも父親のようだった。

ヴィオレッタは二人のやり取りを見守りながら、エリザベータを抱いて屋敷に入っていくリヒターの後を追おうとしたが、踏み出した足から力が抜ける。

その結果、かくんと膝から頽《くずお》れて座りこんでしまった。

「ヴィオレッタ様。大丈夫ですか？」

「ええ。平気よ、ターニャ。なんだか、気が抜けて……」

昨夜から一睡もしておらず、気を張り続けていたのだ。長時間、冷たい雨にも打たれていたから身体も冷えきっていて、睡眠不足と疲労により目の前が揺れ始める。

「ヴィオレッタ？」

リヒターの声が聞こえたが、ヴィオレッタはターニャの腕に凭れるようにして意識を飛ばしていた。

ヴィオレッタが目を覚ました時、周りは真っ暗だった。

もしかしたら、目が見えるようになったのは夢だったのかもしれないという不安を抱いたヴィオレッタは、手探りで自分の状況を確かめる。手触りのいいシルクのネグリジェを着せられていた。頭の下には枕があり、厚手の毛布をかけられている。更に手を伸ばしてみると、温かくて硬いものに触れた。

ヴィオレッタが両手でまさぐっていたら、硬いものが動く。寝起きの掠れた声が暗闇に響いた。

「……何だ、起きたのか」

「リヒター様？　どうして、ここで寝ていらっしゃるの？」

「ここは私の部屋のベッドだぞ。君は一日中、眠り続けていたんだ。時刻も、もう夜になっている」

リヒターがため息をついて、枕元の明かりを灯した。

ヴィオレッタは眩しさに驚いて身を引き、明かりから逃れて毛布にもぐりこむ。

目が見えるようになったのは現実だった。しかし、四年間も光を感知できない状態で生活するのに慣れていたので、明るいことに若干の抵抗がある。

「ヴィオレッタ。何をもぞもぞしているんだ」

「眩しくて、目が開けていられないのです」

しかし、最後まで言い終わらないうちにリヒターが毛布を捲ってしまった。

ヴィオレッタは眩しさに目を細めながら、隣に寝そべっている彼の姿を見やり、ぎくりと身を強張らせる。

「本当に目が見えるようになったんだな」

「ええ。……何故、裸なのですか？」

「下は穿いているぞ。雨に打たれて、君の身体は氷のように冷えきっていたから、肌で温めていたんだ」

「そうでしたか……ありがとうございます」

「目を覆って、どうした？」

「男性の裸を目にするのは、初めてなのです」

できるだけリヒターを視界に入れないようにして再度、毛布にもぐろうとするが、一瞬早く手首を掴まれて引きずり出された。

仰向けになったヴィオレッタに、寝返りを打つ要領で彼が覆いかぶさってきて、呆れ交じりに言う。

「私の裸に照れてどうする。もう何度も肌を重ねているだろう」

そう言われてしまったら、ぐうの音も出ないのだけれど、ヴィオレッタは落ち着きなく視線を泳がせる。ちらりと彼を見上げたら緋色の鋭い双眸《そうぼう》とかち合った。

「っ……！」

視線が絡むのと同時に、ヴィオレッタは目を逸らした。リヒターの裸どころか、整った顔立ちや眼差しなど、全てにおいて見慣れていないから緊張してしまう。

ヴィオレッタが露骨に顔を背けていたら、リヒターが苦々しい表情を浮かべながら後ろに距離を取った。

「見るに堪えないと言いたげな反応だな」

彼が棘のある口調で呟き、顔を見せないようにぷいっと横を向く。

「今更、怖いと言われても離婚はしないぞ」

「……怖い？」

「顔の傷は消せないし、目つきの悪さは直らない。君には悪いが、諦めてくれ。そのうち見慣れるだろう」

「あなたが、何をおっしゃっているのか、分からないのですけれど……」

「私と目を合わせようとしないのは、私が怖いからだろう。ハッキリ言っていい」

リヒターが冷たい口調で言い放ち、不愉快そうに腕組みをして背中を向けてしまった。

何やら、大きな誤解が生じているらしい。そんなつもりは毛頭なかった。顔が怖いと感じる以前に、恥ずかしくてリヒターの顔を直視できないのだ。

……しかし、何だか、このやり取りには覚えがある。あれは、確か初夜だった。彼の声が素敵すぎて、自分の反応を隠すために身を硬くしていたら誤解されたのだ。

ヴィオレッタはゆっくりと起き上がると、拗ねた子供みたいに背を向けているリヒターを見つめる。彼の肩や背中には、大きな紫色の打ち身の痕があった。おそらく土砂崩れで負った傷だろう。

しかし、それ以外にも、リヒターの身体には多くの傷があった。背中、肩、腕、どれも深い裂傷の痕だ。

きっと、ヴィオレッタには想像できないほどの痛みを味わったに違いない。彼は、その痛みを耐え抜くだけの精神力と強さを持ち合わせている男性だ。

ヴィオレッタは、おそるおそるリヒターの背に触れた。彼の肩がピクリと揺れる。

「あなたと私の間には、誤解が生じているようです。あなたの顔を見ても、怖いとは思いません。ただ、その……見慣れていないので、緊張してしまって」

彼女がもじもじしながら告げると、リヒターが肩越しに視線を寄越す。

「緊張していたから、目を合わせなかったのか？」

「ええ。急に目が見えるようになって、あなたの顔も見慣れていないので、緊張するのは当然でしょう」

「じゃあ、怖くないのか？」

「どうでしょう。改めてじっくりと見てみないと、その辺りは分かりませんが」

ヴィオレッタが素直に告げると、リヒターがのそりと動いた。二人で向き合う状態になり、気難しげな表情で腕組みをしている彼が言う。

「ならば、私の顔をじっくり見てみろ」

「……やってみます」

そういうわけで、ヴィオレッタは深く息を吸って心の平静を保ち、リヒターの顔を見つめてみた。

彼の深紅の眼差しは鋭いが、別段、それを怖いとは感じない。顔の傷も目に留まるが、ヴィオレッタは彼の勇敢さの証だと思っているため、恐怖の対象にはならない。

むしろ、こうして見ていると恐ろしいどころか、徐々に顔が熱くなってくる。

何故なら、彼女なりに表現すると、リヒターはとても〝素敵〟だったからだ。

ヴィオレッタの頬が真っ赤に火照っていく様を、リヒターが緋色の瞳でじっと観察している。

何ともいえない沈黙が流れ、やがて、ヴィオレッタは率直に本音を伝えた。

「あなたは……とても、凛々《りり》しい顔立ちをしていらっしゃるのね」

「凛々しい？」

「ええ。想像していたよりも、ずっと素敵な方だったので、あなたが私と結婚してくださったことが、本当に信じられません」

ヴィオレッタは小声で言い終えると、気恥ずかしさから、毛布の端を引っ張ってもぞもぞと中に入る。

すかさず、リヒターに制止された。

「待て。毛布に隠れるな」

「………………」

「ヴィオレッタ。顔を出せ」

「少しお待ちください。顔が火照っていて、みっともないのです」

毛布の中で丸くなっていたら、勢いよく引き剥がされた。

ヴィオレッタが顔を見られるまいとシーツに押しつけていると、お腹に腕が巻きついてきて強引に起こされる。そのまま後ろから抱きしめられて、耳元で囁かれた。

「女性に〝凛々しい〟などと、言われたのは初めてだ」

不意打ちで、ふぅーっと吐息を吹きかけられて、ヴィオレッタは彼の腕に捕らえられたまま身をくねらせる。

「あ、はぁっ……」

「随分と色気のある声だな」

「リヒター様っ……耳にふぅーってするのは、やめてほしいと、あれほど……」

「わざとじゃない」

「どう考えても、わざとだと……あっ……」

ヴィオレッタはベッドに仰向けで横たえられ、覆いかぶさってきたリヒターによって逃げ場を塞がれる。鼻先が触れ合う距離に顔を近づけられて彼女は固まった。

すぐそこに、リヒターの顔がある。ルビーのような瞳には熱が宿っていた。

「まったく。君ときたら、予想外の反応ばかりする」

リヒターの口角が持ち上がる。彼が笑うと、それまでの尖った空気が瞬く間に柔らかくなって、印象ががらりと変わった。

なんて優しげに笑うのかしらと、ヴィオレッタの鼓動が速くなっていく。

「改めて訊く。私のことは、怖くないいんだな」

「怖くありません」

ヴィオレッタが照れつつも、きっぱりと答えたら、リヒターの笑みが嬉しそうなものに変わった。

「私を受け入れてくれた女性は、君が初めてだ」

「……それを言うのなら、私もそうです」

「ん？」

「目が見えず、嫁ぎ先のなかった私を受け入れてくれたのは、あなただけです」

リヒターは自分の存在意義が分からなくなっていたヴィオレッタを妻に迎えて、居場所をくれた。今でも、心の底から感謝している。

彼がヴィオレッタの黒髪を指に絡めながら、声をひそめた。

「以前もそう言って、君は私に感謝していたが……私はただ、初めて見た時から君を自分のものにしたかっただけだ。クラウスいわく、一目惚れをしたらしい」

「一目惚れ？」

「ああ。自分でも驚くことにな」

リヒターの眼差しが、どことなく甘いと感じたヴィオレッタは顔を赤らめる。一目惚れしたと言われても信じがたいが、彼は本気で言っている。そもそも結婚した直後にも、リヒターはヴィオレッタに目を惹かれたのだと話してくれていた。

「そういう理由で、君を側に置きたかった。とはいえ、君に興味を持つきっかけになったのは……君の兄、エドガーだ」

そして、エドガーが言い遺した願いを、リヒターが教えてくれた。

――なぁ、リヒター。俺が死んだら、俺の妹たちを守ってやってくれないか。俺の妹は二人いるんだけどさ、どっちも可愛いんだよ。何だったら、どちらかを、お前と結婚させてやってもいいぞ。妹がお前を気に入ったら、の話だけどな。

「お兄様が、そんなことを言っていたのですか」

「そうだ。エドガーが亡くなった時、私は葬儀に駆けつけたが、君の姿は見当たらなかった。事故のショックで視力を失ったという話を聞いて、気にはかけていたんだが、もう嫁いだと思っていたよ。だが、あの夜会で君を初めて見て、その姿に見惚れた。君ときたら周りの連中のことなど気にせず、ひたすら凛と顔を上げていたから」

エドガーがリヒターと繋がるきっかけを作ってくれて、偶然にも夜会で顔を合わせたことで二人の運命は交わり始めたのだ。

あの頃のヴィオレッタは全てを諦めていたが、自分の中に辛うじて残っていた矜持で、せめて俯かないでいようと心に決めていた。それが、リヒターの心を動かした。

何だかリヒターと出会えたことが奇跡のように思えてきて、感無量の想いに満たされていたヴィオレッタは、思い当たることがあって口を開く。

「私を気にかけていてくださったと言っていましたよね。リヒター様、もしかして私に手紙をくれませんでしたか？」

記憶を探るように額を押さえたリヒターが、ぱちりと瞬きをした。

「手紙か……そういえば、君が事故のショックで視力を失ったという話をクラウスから聞いて、何通か送ったことがある。名前は書かなかったが」

やっぱりそうだったと、ヴィオレッタは言葉を詰まらせる。無記名で励ましの手紙をくれたのは、リヒターだったのだ。

急に無愛想な顔になった彼が、つっけんどんな口調で言う。

「よく私だと分かったな」

何となく、あなただという予感がしましたと、ヴィオレッタは答える代わりに彼の首へと抱きついていた。感動で声を震わせながら「ありがとう」と囁いたら、リヒターはきょとんとしていたけれど、ぽんぽんと背中を撫でてくれる。

しばらく体温を分け合っていたら、リヒターが視線を斜め上に向けながら、腹を括ったように大きく息を吐いた。

「やはり、君にはちゃんと伝えておこう」

「……？」

「ヴィオレッタ——私は、君を愛している」

リヒターは言い終えると、照れ隠しなのか顔をそっぽに向けてしまう。

ストレートな愛の告白の余韻に浸っていたヴィオレッタは、瞳を潤ませて請う。

「リヒター様。もう一回、言ってくれませんか」

「何だと？」

「聞きたいのです」

「……仕方ないな。もう一回だけだぞ」

リヒターは唇をへの字に曲げると、渋々といった様子でヴィオレッタの耳に口を寄せてきて、息を吸った。彼女の大好きなハスキーボイスで愛を紡ぐ。

「君を愛している。ヴィオレッタ」

愛している。なんて嬉しい響きだろう。

ヴィオレッタは頬を染めながらはにかむと、その笑みに見惚れているリヒターの頬に両手を添えた。こつんと額を押し当てる。

「嬉しくて、泣きそうです」

「もう言わない。しばらくはな」

「しばらく経ったら、また言ってくださるのですね」

「気が向いたらな」

リヒターは素っ気ない言い方をするが、先ほどのようにねだってみれば、渋る素振りをしながらも言ってくれるだろうなと、彼女は確信していた。

ヴィオレッタはリヒターと鼻の頭をちょんとくっつける。彼が真摯に愛を告げてくれたから、次は自分の番だった。

リヒターがくれた愛を、ヴィオレッタも自分なりの言葉にして返したい。

「リヒター様。私は、あなたがくれた前向きな言葉で考え方が変わりました。私が心の内を明かした時も、あなたは寄り添ってくれた。目には見えない優しさを、ずっと感じていました」

リヒターの頬に残る傷に触れ、ヴィオレッタは笑みを深めた。

愛してくれたあなたに、私からも伝えたい気持ちがある。

「そんなあなたに惹かれていって、いつの間にか、私もあなたのことが大好きです」

リヒターの目が見開かれるのを見届ける前に、ヴィオレッタは身を乗り出して自分から口づけた。

心からの、愛をこめて。

「大好きだし……愛しています」

目を伏せながら付け加えると、彫像のごとく硬直していたリヒターの目つきが急に鋭くなった。

「この状況で、そんなことを言って、私に何をされても知らないぞ」

「…………」

「どうして目を閉じた」

「……何をされても大丈夫なように、心の準備をしています」

「君の準備ができたら、何をしてもいいのか？」

「痛いことで、なければ」

ヴィオレッタは目を閉じたまま聞き取りづらい声量で答えたが、いつまで経ってもリヒターが触れてこない。おそるおそる目を開けたら、リヒターが鼻梁に皺を寄せて顰め面をしている。

「君には、警戒心というものがないのか」

彼が深々とため息をついた時、きゅるると可愛らしい腹の虫が鳴いた。

ヴィオレッタは、思わず赤面する。考えてみれば、昨夜から何も食べていないのだ。

「とりあえず、夕食をとるか。君の腹の虫が騒々しいからな」

「……はい」

こくりと首肯したヴィオレッタが、立て続けにきゅるると鳴くお腹をさすっていたら、いきなり顎を掴まれた。グイと上を向かされて、噛みつくようにキスが降ってくる。

「んっ……！」

リヒターが、ヴィオレッタの舌を搦め捕って角度を変えながら口づけを深めていった。

「ふっ、ぁ……ん」

ヴィオレッタの腰が抜けて、足に力が入らなくなるまでたっぷりと唇を奪ったリヒターは、陶然とする彼女を抱き留めながら低い声で囁いてくる。

「続きは、あとでな」

リヒターが掠れたセクシーな声で、淫蕩《いんとう》な行為を連想させるように誘惑してくるから、ヴィオレッタは耳の先まで赤くなった。

その反応を満足そうに見届けた彼は、額にちゅっと口づけて離れていった。

寝室に運ばれてきた夕食をとり、お腹が満たされたところで、そわそわしていたヴィオレッタは話を切り出した。

夫婦の時間が始まる前に、どうしても言っておきたいことがある。

「リヒター様。今更ですが、クラウス様の舞踏会からの帰りの馬車で、私が一方的に怒ってケンカのようになってしまったこと……すみませんでした」

ベッドに寝そべっていたリヒターが「ああ」と、小さく返事をする。

「あの時は私も悪かった。シャーロットとのやり取りのせいで、私も少し苛立っていたんだ。君に当たるような発言をした。すまない」

リヒターが起き上がって頭を下げてくる。

「それと、シャーロットが言ったことについては気にしないでくれ。私はあの女には触れたこともないし、今となっては嫌悪感しかない」

リヒターは、よほどシャーロットが嫌いなのだろう。これでもかと言うくらい顰め面をしている。

女性不信になった原因だと聞いているし、もう終わったことを、蒸し返す必要はない。

それに、リヒターはヴィオレッタに〝愛している〟と告白してくれた。それだけで十分だった。

ヴィオレッタは頷くだけに留めると、もう一つ、心の変化について語り始めた。

「以前、リヒター様は、亡くなった人のぶんまで生きるしかない、というお話もしてくださいましたよね。あの話についても、自分なりに考えてみたんです」

「ほう。どう思った？」

「私はずっと、お母様とお兄様が亡くなった原因が自分にあって、どうして私だけ生き残ってしまったのか、生きていていいのかと、そういう自問自答を繰り返していました。事故の原因や、私が抱いている罪悪感も、マルグリットやお父様とも話をしながら、時間をかけて考えていく必要があると思うのです。そう簡単には答えが出せません」

頭の中で気持ちを整理しながら、ヴィオレッタは口を挟まずに聞いてくれるリヒターの目を見つめる。

「でも、あなたやエリザベータの話を聞いて、亡くなった人のぶんまで生きて幸せになるという考え方に共感を抱きました。お母様も、お兄様も、私が悩んで不幸になると悲しむと思います。私に幸せになる資格があるのかは分からないけれど……二人のぶんまで生きていきたいです」

ヴィオレッタは、そこまで話をして一息つく。うまく伝えられただろうか。

すると、リヒターがおもむろに手を伸ばしてくる。ヴィオレッタの頭に置いて、子供にするように撫でてくれた。

「幸せになるのに、資格なんて要らないだろう。まぁ、時間はたくさんある。心を休めながら、ゆっくり考えたらいい。私でよければ、いつでも話を聞く」

「はい。ありがとうございます」

生きることに前向きになるというのは、今までのヴィオレッタにとっては難しいことだった。けれど、深く傷ついていた心も少しずつ変わってきている。

目が見えるようになったことも、大きな変化の一つだ。

「それから、目が見えるようになったのは、きっとリヒター様のお蔭です」

「ん？」

「この目が見えていたらあなたを捜しに行けるのに、と強く願いました。それで、私の目には光が戻ってきたんです」

ヴィオレッタが目元に触れると、リヒターが身を乗り出して顔を覗きこんできた。

「なるほど。それで、その目で私を見た感想は？」

分かりきった質問をする彼に、ヴィオレッタは数秒の沈黙をおいて、ぼそぼそと言う。

「……あなたは、とても素敵な方でした」

ヴィオレッタが照れたように目を逸らしたら、後頭部に手が差しこまれた。ぐっと強く引き寄せられて、声を上げる間もなく唇を塞がれる。

「んんっ……ふっ、はぁ……」

「君は本当に、私を煽るのが上手いな。ヴィオレッタ」

リヒターはキス一つで弛緩《しかん》してしまう彼女を膝に抱き寄せると、ネグリジェの裾を持ち上げた。

太腿をなぞられて、空気が一変する。

「そろそろ話は終わりにしよう。君と肌を重ねたい」

リヒターの指が素足を辿っていき、足の間へと添えられた。ネグリジェの下で動き出す指に意識を注いでいたら、首に吸いつかれる。

ちくり、ちくりと吸われるたびに痛みが走って赤いキスマークが散っていった。

「んっ……は……」

首筋を掠める熱い吐息にも感じて小刻みに震えていたら、リヒターに身体を持ち上げられて仰向けで寝かされた。

ヴィオレッタは我が物顔で覆いかぶさってくるリヒターを仰いで、すごい威圧感があるなと、目を白黒させてしまう。

熱を孕んだ紅の双眸で見つめられながら、大柄で逞しい彼に組み伏せられているのだ。

どこへも逃げられる気がしないし、シャツを脱ぎ捨てたリヒターが興奮して乾いた唇を舐める仕草までしたので、今から食べられてしまいそうな気にもなる。

彼が筋肉質な上半身を惜しげもなくさらしているから、どうにも目のやり場に困っていると、リヒターが身を屈めて鎖骨に口づけてきた。そのまま唇を移動させ、ネグリジェの襟元のリボンを緩めながら、白い胸元まで降りていく。

襟を開かれると、ふくよかな乳房がまろび出て、そこにリヒターが吸いついた。

「っ、あ……あぁ……」

乳房の先端をじっくりと舐められて、唾液をこすりつけられる。

彼にはもう何度も抱かれており、慣らされている愛撫によって徐々に尖ってくる乳頭を前歯でこりこりと食《は》まれたので、ヴィオレッタの腰が少し揺れてしまった。

それを見て、リヒターが喉の奥で笑う。

「腰を揺らして、早くしろと急かしているのか？」

「……そんな、つもりでは……」

リヒターは乳房を吸って赤い痕を残すと、身体の位置を下へ移動させていった。

ネグリジェの裾をたくし上げると、ヴィオレッタのすらりと伸びた足を持ち上げる。

「ヴィオレッタ」

「？」

「降参の時は、そう言え」

降参？　何のこと？

ヴィオレッタが不思議そうに首を傾げるのを、リヒターは楽しげに見やり、開いた足の間へと顔を近づけていった。

足の間に吐息を感じて、ヴィオレッタは息を呑む。まさか、という予感が過ぎって腰を引こうとするが、その時点ではもう手遅れだった。

リヒターの舌が秘所をじっくりと舐《ねぶ》り始める。

そこを舐められるのは初めてだったから、ヴィオレッタは激しい混乱に見舞われて上半身を起こした。そうすると、大きく開かされた足の狭間で動くリヒターの頭が見える。

「っ、あぁ……リヒター様っ……そんな、ところ……舐めないで、ください」

しっとりと濡れた彼の舌が媚肉をなぞっていき、蜜口を探り当てる。

指とは違う感覚に、ヴィオレッタは身震いして首を仰け反らせた。起こした上半身を支えるために、シーツに突いている手から力が抜けそうになる。

リヒターが細い足を肩に担いで、本格的に愛撫を始めた。舌で唾液を塗りこみながらヴィオレッタの蜜口へと指を挿しこんでいく。

「あっ、あんっ……はっ、は……」

ヴィオレッタは喘ぎながら目を閉じた。隘路を抉《こ》じ開けるようにして、指を出し入れされる動きに感じてしまう。

リヒターは節くれだった指をぬるぬると出し入れさせながら、膨らんでいる花芽を舌で刺激してきた。ねっとりと舐めてから、舌の先端でぐりぐりと押し潰してくる。

その淫猥な動きを執拗に繰り返されるので、敏感なヴィオレッタはあっという間に一度目の絶頂へと押し上げられた。

「ふぁあっ、あぁっ……！」

こみ上げてきた熱の塊に対抗できず、堪える暇もなかった。

ヴィオレッタは小刻みに震えながら背中を仰け反らせ、爪先をピンと伸ばす。

足の間で、リヒターが笑っていた。

「早いな。感じやすい身体だ」

「……っ、リヒター様……それは、もう……」

か細い制止を遮るように、蕩けた蜜壷に二本目の指がぐっと押しこまれる。それから、先ほどよりも速い動きで出し入れが始まった。

しとどに溢れてきた愛液を舐め取ったリヒターは、それを花芽に塗りつけるようにして舌で刺激を加え続ける。

「はっ、ああっ、あ……！」

遠慮も容赦もない愛撫により、身体を支えていた手から力が抜けて、ヴィオレッタは後ろに倒れこんだ。ベッドに背中を預けながら、女性らしい肢体をくねらせる。

「あーっ、あ……んんっ、はぁ……だめっ……またっ……！」

舌と指で愛撫を受け続けて、快楽に飲みこまれていった。

充血して存在を強調している肉芽を強く吸われた瞬間、ヴィオレッタの目の前に閃光が散って、二度目の果てを迎えた。

「あぁあんっ、ああ！」

血液が凄い勢いで全身を駆け巡っていく感覚がする。

ヴィオレッタは胸を上下させて、ぼんやりと天蓋を仰いでいた。

リヒターは彼女の様子を上目遣いで窺いながら、蕩けきった隘路に指を押しこんだままゆるゆると動かしている。

「はっ……リヒター様……今は、指を……動かさない、で……」

「しかし、君は物足りないだろう」

リヒターが足の間に、ふぅーっと熱い息を吹きかけた。

「あんっ……それは、だめ、です……」

吐息を吹きかけられただけで感じてしまい、両手で足の間を隠そうとしたら、リヒターがヴィオレッタの手首を掴み上げた。

「もう降参なのか」

「……降参、します……」

ヴィオレッタはこくこくと首を振るが、彼が緋色の目を細めて口角を吊り上げる。

「よく聞き取れなかった。もう一回、言ってみろ」

リヒターが起き上がって、ヴィオレッタの汗ばんだ額に張りついた髪を払いのけた。

その傍らで、隘路に挿入している指を抜こうとはせずに、濡れそぼつ泥濘《ぬかるみ》をかき混ぜるように動かしている。

「あ、っ、ん……リヒター様っ……はぁっ、は……」

「降参か?」

ひどく色っぽい声で問われて、ヴィオレッタはピクンと震えた。

「……こ、降参、です……」

「ダメだな。やり直し」

「どうして……はぁんっ……」

指で隘路を愛でられるのと同時に、花芽まで弄られて官能的な感覚に焼かれる。

ヴィオレッタは息も絶え絶えになりながら、堪らない快感から逃げるようにして何度もシーツを蹴るけれど、リヒターが許してくれなかった。

「んっ、うっ、あ、あっ……」

「ヴィオレッタ。三度目のチャンスだ」

彼女の痴態を見て興奮し、わずかに上ずったハスキーボイスが促してくる。

「もう降参するか?」

「……こ、降さ……あぁっ、やぁっ……!」

耳に息を吹きかけられた瞬間、言葉の途中でびくびくっと感じやすい身体が震えた。

小刻みに呼吸をしているヴィオレッタの額に、リヒターが唇を押し当ててくる。

「もう降参だな。了解した」

全て無視したくせに、遅すぎると文句を言いたくても声にならなかった。

リヒターがベッドに横たわるヴィオレッタの乱れたネグリジェを脱がせ、自分も脱ぎ始めた。それを横目に、気だるい身体を起こしたヴィオレッタは這うようにして毛布の端を掴んだ。

そのまま、もぞもぞと毛布の中にもぐりこもうとするが、もちろん彼が逃がしてくれるはずもない。

「ヴィオレッタ。毛布にもぐるな」

背後から腰をがっちりと掴まれて膝に乗せられた。向かい合う体勢で、たっぷりと指戯を受けた蜜口に、勃起した剛直を添えられる。

「入れるからな」

「……うっ、あ……あぁ……」

太い雄芯が隘路にめりこみ、最奥まで一気に押しこまれた。

丸い先端が勢いよく子宮口をこつんと叩いたので、ヴィオレッタはビクッと反応する。

「はぁ、んっ……」

「動くぞ、ヴィオレッタ」

底なしに甘く、官能的な時間の始まりだった。

ヴィオレッタはリヒターにしがみついて、甘ったるい嬌声を上げる。幾度も体位を変えながら奥を突かれて、どれほど高みに昇らされても、夫は解放してくれない。

何度達したのか数えるのも諦めた頃、ヴィオレッタは息も絶え絶えになりながらシーツに突っ伏した。

たった今、達したばかりなのに、まだ甘美な熱が腹の奥で渦巻いている。

「はっ……は……」

背中に覆いかぶさって動きを止めていたリヒターが、ヴィオレッタのうなじに口づけてくる。艶《なま》めかしく舌を這わされて吸いつかれた。

「んっ……」

ヴィオレッタは喘ぎ声を飲みこむ。シーツの隙間で押し潰されていた乳房を手のひらに包みこまれて、敏感になった身体が小さく跳ねた。

思わず逃れるように首を捩ったら、腰を固定している腕にぐっと力が籠もる。

「ヴィオレッタ」

「……はぁ、んっ……」

甘い低音で名前を呼ばれただけで、ヴィオレッタの肌は熱くなる。

リヒターの雄芯は硬さを保っていて、まだ一度も熱を放っていなかった。彼はなんてタフなのだろうと、もはや脱帽したくなる。

ヴィオレッタは朦朧とする意識の中で、気だるさと強烈な眠気に負けて脱力した。

素肌を触れ合わせる心地よさに任せてうとうとし始めると、耳の後ろに口づけられる。

「寝るな、ヴィオレッタ。もう少し付き合え」

「っ……すみません……ねむ、くて……」

根元まで押しこまれているリヒターの雄芯が動き始めた。ギッ、ギッ、とベッドが小刻みに軋んでいる。

「あっ、あぁっ……リヒター様っ……」

「こちらを向け」

リヒターがヴィオレッタの顎をそっと掴んで、後ろを向かせた。彼は舌を絡めるキスを仕かけながら、感じる箇所を狙って腰を突き上げてくる。

「ふぁっ……あ、ふ、っ……」

次から次へと快楽の波が押し寄せてくる。滾《たぎ》った剛直に後ろから穿たれて、ヴィオレッタは喘ぎながらシーツに顔をこすりつけた。

ゆさゆさと揺すられているうちに、また眠気がこみ上げてきて意識が遠のきそうになっていたら、背中に汗ばんだ胸板が押し当てられる。耳元で息を吸う気配があり、ふぅーっと吐息を吹きかけられた。

「はぁん……っ、あ……」

感じ入った声が出てしまい、ヴィオレッタは慌てたように手で口を覆う。

「リ、リヒター様っ……また、耳に……」

「わざとじゃない」

「今のは、明らかに、わざとです……やめてほしいと……言って……」

「いま寝ていただろう。だから起こしただけだ」

「寝て、おりません……」

「いいや、寝ていた」

「……正直……寝そうには、なりました」

ヴィオレッタが弱々しく白状したら、リヒターの腕が肩に回されて起こされた。

ベッドに座ったリヒターの後ろから抱かれて、お腹を固定されながら雄芯で突き上げられる。でも、それは激しい動きではなくて、ゆったりとした上下運動だ。

「寝るなら、寝てもいいが……こうして、勝手に揺するぞ」

「……はい……はぁ……はっ……」

「本当に寝そうだな」

ヴィオレッタが睡魔と戦いつつ細く喘いでいると、リヒターが笑いながら彼女の首筋に口づけて揺らしてきた。愛液の溢れる蜜壺に雄芯が出たり入ったりしている。

「……リヒター様……」

「ん？」

「今まで……手加減、していらしたの……？」

何度も肌を重ねているが、これほど終わらない行為は初めてだったので、おそるおそる聞いてみたら、リヒターが少し沈黙した。

「……まぁ、そうだな」

「やっぱり、そうなの、ですね……」

「これでも私は、元軍人だからな。体力には自信がある」

それは、身をもって体感している。しばらく解放してもらえそうにない。

ヴィオレッタは潔く諦めて身を委ねた。

それからしばらく、リヒターは辛抱強く腰を揺らしていたが、それが徐々に速さを増してきた。

「はぁ、あっ、あぁーっ……んんっ、ん……！」

ヴィオレッタは瞼を伏せたまま婀娜《あだ》めいた嬌声を上げると、すぐ近くにあるリヒターの首を抱き寄せて、甘えるように自分の頬をこすりつける。

「リヒター様……」

キスをしてほしくて口を半開きにしたら、彼女の願いを読み取ったかのようにリヒターの唇に塞がれた。今日はリヒターとたくさんキスをしている。

「んん、むっ、は……ふっ、あぁ……」

「……はっ……ヴィオレッタ……」

たっぷりと舌を絡める口づけを交わしている間に腰を揺さぶる動きが激しくなった。

ベッドが大きく揺れて、お腹の奥の子宮口を目がけて雄芯で突き上げられる。

「はっ、は、リヒター様っ……あっ、ああんっ……」

「……そろそろ、出すぞ……っ」

「あぁ、あっ……！」

何度か強く突いてきたリヒターが、心地よさげな嘆息と共に吐精する。

「っ、はぁ……」

「あぁあっ……！」

ヴィオレッタは四肢を強張らせて達すると、彼に抱き留められて意識を遠のかせた。

「ん……あぁ……あ……」

最奥に押しつけられた雄芯の先端から、熱い飛沫が放たれていた。たっぷりと奥へとこすりつけられて、吐精している間も下から押し上げられて残滓まで注がれる。

ああ、これで終わったのね。

そう思って、心地よい気だるさに身を任せようとしたが、ヴィオレッタを仰向けでベッドに転がしたリヒターが、遠慮も何もなく上に乗ってきた。そして、緩やかに上下している彼女の胸元に顔を埋めてくる。

ヴィオレッタは瞼を閉じたが、胸に刺激を与えられてすぐに薄目を開けた。視線を下に向けたら、リヒターが乳房に吸いつき、先端を舌先でちろちろと舐めている。

そんなふうに悪戯されていたら、さすがに眠れない。ヴィオレッタが困ったように見ていると、視線に気づいた彼がちらりと見上げてきた。

「どうした？　眠ってもいいぞ」

「……こうして、触られると……眠れません」

リヒターが口端を緩めているのを見て、まだ寝かす気が無いのだなと察したヴィオレッタは、夫の髪を撫でながら諦めたように笑い返す。

すると、胸の頂を絶妙な力加減で抓《つね》られて、彼女の四肢が震えた。

「んんっ……」

淑やかな喘ぎが漏れると、リヒターがのそりと起き上がってキスをくれた。舌先を触れ合わせて、幾度も顔の角度を変えながら親密な口づけを交わす。

「ふ、はぁ……」

身体を繋げるわけでもなく、裸でくっついたままキスに没頭する。

ヴィオレッタは彼の背に腕を回した。大きな背中には傷痕がたくさんあり、たまたま指先で探り当てた深い傷痕を指でなぞっていたら、キスの合間にリヒターが呟く。

「傷痕が気になるか？」

「……ええ。どれほどの痛みだっただろうと、想像しただけでも……」

「痛みなど想像しなくていい。身体の傷は癒える。それに――」

リヒターがヴィオレッタの胸に人差し指を当てた。ちょうど心臓のある辺りだ。

「心の痛みに比べたら、何でもない」

彼の言葉が何を示唆しているのか悟ったヴィオレッタは、自分の胸に手を当てて、リヒターの胸にも触れた。

つらい過去を乗り越えながら、ヴィオレッタは前を向いて歩み始めている。けれど、彼女だけではなく、リヒターもまた、夢に魘《うな》されるほどつらい記憶を抱えている。

「リヒター様。あなたがどんな戦場で戦って、どんな出会いがあって、別れがあったのか……そういう話を、少しずつでいいので聞かせてくれませんか」

「私の話など、聞いても面白くはないぞ」

「構いません。あなたのことが、もっと知りたいのです」

ヴィオレッタが真摯に告げて微笑みかけたら、リヒターは双眸をパチパチと瞬かせて、深々とため息をつく。

「はぁ……」

「もしかして、ご迷惑でしたか？」

「違う。その逆だ」

身体を抱きかかえられて、ぐるんと視界が入れ替わった。

仰向けになったリヒターに乗る体勢になり、ヴィオレッタが目を丸くしていると、手が伸びてきて頭を引き寄せられる。そのまま乱暴に口づけられた。

「ふっ、ンン……」

「君が知りたいのなら、私の話もしよう。だが、それは後でな」

「ん……後ですか……？」

「やりたいことがあるから、今は忙しい」

頭を押さえていたリヒターの手が背中を辿り、張りのある臀部へと降りていき、足の間へと添えられた。蜜口をなぞられて、全身が敏感に反応する。

「はっ、ん……」

先ほどまで繋がっていた部分を指で弄られ、ヴィオレッタが喘ぎ声を殺していると、乱れた髪を撫でられて耳に吐息を感じた。


「ヴィオレッタ。君をもっと愛したい」


ぞくぞくするほど甘いハスキーボイスで、蠱惑的《こわくてき》な誘いを受ける。

ヴィオレッタは鼓膜に届いた声だけで感じてしまい、押し殺した声を漏らして耳を押さえた。

「あっ……リヒター様……耳元で、囁くのは……」

「今のは、わざとだ」

リヒターが悪気の欠片も感じ取れない笑みを浮かべて、しれっと言ってのける。

耳朶が痺れるような誘惑にくらくらと目眩を覚えたヴィオレッタは、唇を噛みしめた。

ヴィオレッタとて、いつもやられっぱなしではない。彼女は深呼吸をして気だるい身体を起こすと、リヒターの耳に口を寄せていった。

そして、自分のできうる限りの色っぽい声で囁く。

「はい。私を、もっと愛してください」

羞恥で全身が赤く染まっていくのを感じながらも、ヴィオレッタが素直な想いを告げたら、リヒターが虚を衝かれたように押し黙った。

ヴィオレッタは照れつつ、付け加える。

「それに、私は……あなたのことも、もっと愛してさしあげたいです」

そこまで彼の耳に囁きかけて、ついでに、いつもやられているように、ふぅーっと息を吹きかけてやった。

その瞬間、リヒターはビクリと肩を震わせたきり、固まってしまう。

ヴィオレッタは起き上がると、赤くなった顔を隠すように手を掲げながら、跨《また》がっていたリヒターの上から退く。そして毛布の端を掴み、もぞもぞともぐりこんで隠れた。

思いきってリヒターの誘惑に応えてみたが、彼は、どう思っただろう。

ヴィオレッタがドキドキしながら毛布の中で息を殺していたら、ゆっくりと毛布が持ち上がる。

引き剥がされるかと思いきや、リヒターも毛布にもぐりこんできた。

「ヴィオレッタ」

名前を呼ばれる。リヒターに腕を引っ張られ、後ろから抱き寄せられた。

「君の反応はいつも、私の予想を越えてくる」

「……はしたないでしょうか」

「いいや、まったく。素直でよろしい」

ヴィオレッタを抱きしめているリヒターは、とても嬉しそうだ。

それから、互いに横になったまま向き合う体位に変えられて、身体を押しつけられる。

太腿の辺りに硬いものが当たり、ヴィオレッタは赤面した。彼は、もう準備が整っているらしい。

腰を抱き寄せられて、足の間にリヒターの太腿が割りこんでくる。そして、濡れた蜜口に雄芯の先端が添えられた。

「あ……リヒター様……」

「さぁ、ヴィオレッタ……私と愛し合おう」

リヒターの合図と共に、張り詰めた雄芯がズンッと挿入される。遠慮なく最奥まで犯されて、毛布の下で仰け反るヴィオレッタの臀部を掴んだ彼が、横向きの体位のまま腰を揺すり始めた。

逞しい雄芯で身体の奥を愛されるたびに、ヴィオレッタは嬌声を上げる。

「あん、あっ、あ……はぁっ……あぁ……」

ヴィオレッタは甘えるように舌を絡めてくるリヒターのキスに応えて、汗ばんだ首に両腕を巻きつけた。お腹の奥を突き上げられながら口づけを深めていく。

「むっ、んっ……はっ、ぁ……ンンッ……」

「……は、っ……ヴィオレッタ……」

剛直の先で、お腹の奥を執拗にノックされていく。グッ、グッと突き上げられると身体が跳ねそうになり、それを押さえつけるように臀部を固定された。

それで繋がりが一層、深くなって、凶器みたいな男根の先が子宮口にめりこむ。

「……あぁ、あ……リ、リヒター様……ふか、い……っ……」

「ああ……もっと、深く繋がろう」

臀部を掴んでいるリヒターの指に力が籠もり、更に腰を押しつけられて呼吸が止まりそうになった。大きな雄芯がお腹の奥をめいいっぱい拡げており、ずるりと抜けたかと思ったら、またしても最奥まで穿たれる。

何度も、それを繰り返された。

「あぁあっ……リヒター様……リヒター様っ……」

ヴィオレッタは無心で彼を呼びつつ、火照った肌を押しつけた。

その時、リヒターが荒々しく息を吐いて、堪らないと言わんばかりに首を横に振る。彼女を抱きかかえながらベッドに押しつけ、上から覆いかぶさる体位に変えると、熱情に突き動かされるようにして腰を揺すり始めた。

「あっ、あ、あ……！」

「ヴィオレッタ……」

彼女をベッドに組み伏せて、その身を貪っていたリヒターが耳元で言う。

「……愛している……君を、愛しているよ」

ヴィオレッタは彼の熱を受け止めながら、ぽろぽろと涙を零して頷いた。

「……ええ、っ……私も……愛して、いますっ……」

愛をもらって、その愛を返して、相手への愛おしさが深まっていく。

リヒターの動きが、次第に乱暴になっていく。脈打つ雄芯で執拗に最奥を叩き、膨らんだ彼女の花芽も指で弄り回しながら、官能の高みへと押し上げていった。

「あぁ、ああっ、あんっ……あ、あ……」

「……もう、もたない……ヴィオレッタ……っ」

「リヒター様っ……」

ズンッ、ズンッと何度か深く突き上げられて、びくびくっと熱い飛沫が放たれる。

ヴィオレッタはお腹の奥で広がる熱を感じながら、四肢を強張らせた。

「ああぁっ……！」

目の前に、チカチカと白い光が降ってきて意識が遠のいていく。

すると、緩慢に腰を揺すって吐精していたリヒターが、眠りの世界へと誘われつつあるヴィオレッタに、愛おしげに口づけてくれた。

事後の余韻に浸り、リヒターの腕の中で微睡《まどろ》んでいるヴィオレッタの耳に、こんな言葉が聞こえてくる。

「一眠りしたら、また続きをしよう」

ヴィオレッタが薄目を開けたら、深紅の双眸がすぐそこにあった。その瞳には悪戯めいた光が宿っている。

「……たぶん、朝まで起きません」

「じゃあ、朝起きたら、しよう」

「寝坊します。エリザが突撃してきますよ」

「部屋に鍵をかけておこう」

リヒターが腕枕をしながら笑っている。どうやら、今日の彼は上機嫌のようだ。

素直じゃなくて、少し意地悪だけど、愛情をたっぷり注いでくれる旦那様。周りの人が口々に彼を怖いと言っているらしいが、ヴィオレッタはちっとも怖くなかった。

出会った時から、ヴィオレッタはリヒターの素敵な声に魅了されていて、共に過ごすうちに彼の優しさを知っていったから。

ヴィオレッタはリヒターの緩んだ顔へと手を伸ばして、頬の傷をなぞった。

「……怖いか?」

リヒターが急に小声になって尋ねてきたから、ヴィオレッタは光を取り戻した目をパチパチさせて、にっこりと笑った。何度、同じ質問をされても答えは一つだった。

「いいえ。勇敢な方だなと思っていただけです」

ヴィオレッタの笑みを食い入るように見つめていたリヒターが、ゆっくりと仰向けになって腕で顔を覆った。

「ヴィオレッタ」

「はい」

「悪夢から醒ましてくれたり、私を怖くないと言ってくれたり、君には色々と世話になっている。ありがとう。……これからも、よろしく頼む」

そう言ってそっぽを向いたリヒターに、ヴィオレッタはゆるりとかぶりを振ると、満面の笑みを浮かべて抱きついた。

リヒターこそ、悪夢のような日々からヴィオレッタを連れ出してくれて、彼女の心を癒し、光を取り戻してくれた。

「こちらこそ、これから先もよろしくお願いします」

互いに負った傷は深くても、少しずつ傷を癒しながら二人で手を取り支え合い、前を向いて歩いていく。

そんな相手に出会えたことは、本当に奇跡のようだと、過去ではなく未来を見据えて歩み始めたヴィオレッタは思うのだ。

エピローグ

ヴィオレッタはインクをつけた羽ペンを羊皮紙の上で走らせる。文面を考えつつ、さらさらと文字を書いていたら、いきなり背後からぬっと腕が伸びてきた。

驚いて振り向こうとしたが、それより先に腕が巻きついて抱き寄せられる。身体が揺れた拍子に羽ペンの先からインクが垂れて、紙面にシミを作ってしまった。

「あっ……」

「手紙を書いているのか？」

リヒターが身を乗り出して手元を覗きこんでくる。

ヴィオレッタは苦笑しながらシミのできた紙をどけると、新しい紙を置く。

「はい。お父様とお義母様に宛てた手紙を一通、マルグリットに宛てた手紙を一通、書く予定です。目が見えるようになったと手紙で知らせた時はとても喜んでくれたので、今度の手紙もきっと喜んでくれると思います」

手紙に書く内容は決まっていた。ヴィオレッタが微笑してお腹を撫でていたら、リヒターの手が伸びてきて彼女の手に重ねられる。

目が見えるようになってから半年が経過しており、ヴィオレッタのお腹には新たな命が宿っていた。

リヒターが愛おしげにお腹を触っているので、すっかり父親の顔をしているなと思っていたら、エリザベータが部屋に入ってくる。

ヴィオレッタとリヒターが寄り添っていると気づいたエリザベータが「あっ！」と声を上げて、小走りになった。

「わたしも入れて」

エリザベータが椅子に腰かけているヴィオレッタの真横で止まると、細い腕を回して抱きついてくる。

「エリザ。部屋で勉強していたのではないのか？」

「ヴィオレッタとお茶をのもうと思って、さっさと終わらせてきたの。ねぇ、赤ちゃんって、いつ出てくるの？　早く出てきてほしいんだけど」

ヴィオレッタとリヒターを倣って、好奇心で目をきらきら輝かせたエリザベータもお腹を撫でてきた。

気の早いエリザベータに、ヴィオレッタはくすりと笑う。まだ妊娠が分かったばかりだから、出産はしばらく先だ。

「お腹の中で大きくなるまで、しばらく出てこないわね」

「ふーん。赤ちゃんが生まれたら、わたしがお姉さんになるんだよね」

「ええ、そうよ。ちゃんと面倒を見てあげて」

「まかせて！　いっぱい面倒をみるよ」

意気込むエリザベータはヴィオレッタと血の繋がりこそないけれど、娘同然の存在になっている。家族三人で暮らす日々に、小さな家族が増えるのだ。

「ヴィオレッタ」

不意に、リヒターが耳元で呼んできたから身体が小さく跳ねてしまった。

リヒターのハスキーボイスは、相変わらずヴィオレッタの弱点だ。いつまで経っても彼女が慣れないせいで、リヒターも面白がって囁いてくるのである。

ヴィオレッタが耳を押さえながら恨みがましげな視線を送ると、彼が口端を緩めながら言った。

「手紙を書いてからでいいが、あとで書斎に来てくれ。今日は仕事も片づけたし、読みたい本がある。一緒にどうだ？」

「ええ、ぜひ」

「リヒター伯父様が、読み聞かせをしてくれるの？　わたしも、いっていい？」

「ああ。静かにできるならな」

リヒターが穏やかな表情で頷くと、手を伸ばして抱っこをねだるエリザベータを片腕で抱き上げた。そして、身を屈めながらヴィオレッタの頬に唇を押しつけると、手をひらりと振る。

「エリザを連れて、先に行っている」

「むずかしい本だったら、寝ちゃうかも」

エリザベータが悩ましげに呟き、リヒターは澄まし顔で部屋を出て行った。

ヴィオレッタは、しばし真っ白な紙面を見つめてから羽ペンを置く。

やっぱり手紙は後にしよう。忙しいリヒターが時間を作ってくれたようだし、家族と過ごす時間を優先したい。

後を追うように部屋を出たら、まるでヴィオレッタが追いかけてくるのを知っていたみたいに、すぐ外でリヒターとエリザベータが待っていた。

リヒターが空いている腕を差し出してきたので、ヴィオレッタも笑って彼の腕に手を添える。

「今日は、どんな本を読んでくださるのですか？」

「諸外国の交易と関税について」

「リヒター伯父様。かんぜい、って何？」

「……………やはり絵本にするか」

「リヒター様。今、説明するのが面倒くさくなりましたね」

ヴィオレッタがくすくすと笑っていたら、リヒターがじろりと睨んできたけれど、エリザベータを抱っこしているため、睨みの威力が半減していた。

他愛ない会話をしながら書斎へ行くと、ヴィオレッタとエリザベータに囲まれたリヒターが絵本の読み聞かせをしてくれる。三人でくっついてカウチに座り、飽くことなく本のページを捲っていった。

それは、とても穏やかで優しい、家族の時間。

親しい人を失って傷つきながらも、家族に支えられて未来に向かって足を踏み出したヴィオレッタがようやく手に入れた、平和な日々の一幕である。

書き下ろし番外編
夫に二度も恋をした話

無事に視力が戻り、ヘーゲンブルグ侯爵家での生活も落ち着いた頃のこと。

「はぁ……ふう……」

夫婦の甘い営みを終えて、ヴィオレッタは気だるげに吐息をついた。上に覆いかぶさって息を整えているリヒターの首に腕を巻きつける。

結婚当初から、ヴィオレッタは夫と肌を重ねる行為を気に入っていた。

目が見えなくとも、相手に触れるだけで反応を感じ取ることができたからだ。彼にしがみついて揺さぶられる間は、肌のこすれ合う感触と、鼓膜を震わせる甘い睦言を聞いているだけでも十分に心地よかった。

だが、いざ視力を取り戻してから抱き合ってみたら、夫の色っぽい表情を見ているだけでも身体が火照り、熱心に注がれる愛おしげな眼差しに胸がきゅうっと締めつけられる。

それに加えて、ここのところヴィオレッタには、ちょっとした異変が生じていた。

リヒターと夜を過ごすたび、やたらと胸がドキドキして、抱き合った直後はこれまで以上に彼への愛おしさで満たされるのだ。

今もまた、リヒターに対する想いで胸がいっぱいになっていると、そっと髪を撫でられた。

「大丈夫か、ヴィオレッタ」

「……ええ……大丈夫です……」

リヒターが啄むようにキスをして枕元の明かりを灯す。

夫婦の寝室が淡い光で照らされた。床には剥ぎ取られたネグリジェと彼のシャツやズボンが散乱しており、情熱的な行為のせいでベッドのシーツも乱れきっている。

リヒターと素肌を重ねて余韻に浸っていたら、首のあたりをきつく吸われて甘噛みされた。

「君は肌が白いから、すぐに痕がつく」

自分でつけた赤い鬱血痕を指でなぞったリヒターが、満足げに呟いた。

ヴィオレッタは夫の首を抱き寄せ、困ったような表情で額をコツンと押し当てる。

「リヒター様。首の痕は隠せないので、できれば服で隠れる場所にしてください」

「そう言われても、もう他につける場所がない」

胸元をつうっと指でなぞられる。その動きに釣られるようにして視線を下に向けたら、鎖骨から胸の膨らみにかけて所狭しと赤い花弁が散っていた。

情事の最中につけられた、たくさんのキスマークだ。

熱心に吸いつかれたのは覚えているが、まさかこんなに痕をつけられていたとは……。

「まぁ……」

小さく驚きの声を上げれば、リヒターが喉の奥で低く笑って口づけてくる。

彼はヴィオレッタの耳に口を寄せると、淫らな色を滲ませたハスキーボイスで囁いた。

「これは全て、君が私の妻だという印だ」

独占欲と情欲の、どちらも孕んだ低い声。指先まで痺れるほどの、甘い囁き。

これは反則だわと、ヴィオレッタは頬に朱を散らしながら目を逸らす。

「急に顔が赤くなったな。どうした？」

「……耳の横で囁くのは、おやめください」

「ああ。それは、わざとだ」

リヒターがしれっと告げて強面を綻ばせた。途端に、彼の纏う空気が和らぐ。

拗ねたように顔を背けていたヴィオレッタは、夫の笑みを見るなり肩の力を抜く。おずおずと彼の頬に両手を添えて、凛々しい顔をじっと見つめた。

こちらを見下ろす緋色の双眸には深い愛情が宿っており、彫りの深い顔立ちは見惚れるほどに精悍だ。頬に走る傷痕は、彼の勇敢さの証でもある。

……私の夫は、どうしてこんなに素敵なのかしら。

そう思った瞬間、急に胸がドキドキしてきた。頬が熱くなり、うっとりと目を細めてしまう。

嘆息を零したヴィオレッタは、彼の左頬にある傷を撫でた。

この傷と目つきの悪さから、リヒターは社交場に出ると怖がられてしまうらしい。

特に、若い女性は近づいてもこないのだと、彼が自嘲気味に話していたことがある。

しかし、ヴィオレッタはそれが不思議で堪らなかった。

リヒターほど愛情深くて優しい男性を、彼女は知らない。

じっくり見入っていたせいか、リヒターが薄い唇を尖らせて咎《とが》めてくる。

「ヴィオレッタ、見つめすぎだ」

「見つめられるのは、お嫌ですか？」

「いや、落ち着かないだけだ。頬の傷も触っていたから、何を考えていたのかも気になる」

「あなたが素敵すぎて見惚れていただけです」

「世辞を言ったところで、何も出ないぞ」

「お世辞じゃありません。本心です」

ヴィオレッタが柔らかい声で応じると、リヒターがため息をついて寝返りを打った。彼女に腕枕をしながら隣に寝転び、呆れた口調で言う。

「まったく。私に見惚れたなどと、そんなことを言うのは君くらいだ」

「だって、本当のことなんですもの。私はあなたのように素敵な男性を、他には知らないのです」

「…………」

口を噤んだリヒターがヴィオレッタから表情が見えないよう顔を背ける。彼の耳の先は、ほんのりと赤くなっていた。

「リヒター様……もしかして、照れていらっしゃるの？」

「別に、照れてはいない」

「だったら、こっちを見てください」

リヒターの返答はなく、そっぽを向いたままだ。

ヴィオレッタはゆっくりと起き上がると、夫の逞しい上半身に乗り上げる。彼の顔を覗きこんでみれば、頬も薄らと赤くなっていた。

やっぱり、照れていらっしゃるのね。

それを口に出すことはせず、ヴィオレッタは微笑みながらリヒターの髪を撫でた。

どうして皆、この人を恐れるのだろう。

彼はとても素敵で——こんなにも、可愛らしい男性《ひと》なのに。

「……ヴィオレッタ」

「何でしょう」

「見すぎだ」

「すみません。あなたが、とても素敵で……」

「もういい」

強い口調で言葉を遮られてしまい、手首を掴まれて体勢をぐるんと入れ替えられた。

のしかかってきたリヒターの顔が鼻先に迫り、威嚇するように睨まれる。

いつも以上に目つきが鋭いので、たぶん、わざと怖がらせようとしているのだろう。

「あまり私を揶揄うな、ヴィオレッ……」

リヒターが最後まで言う前に、ヴィオレッタは身を乗り出して彼の口を塞いだ。

彼を揶揄ったつもりはなく、全て本心だ。

それを言葉ではなく行動《キス》で示したら、眉間に皺を寄せたリヒターが唸って抱きすくめてくる。

口内に舌が滑りこんできて、濃密な接吻が始まった。

そこからは、甘やかな夫婦の時間だ。

ヴィオレッタは執拗に愛撫してくるリヒターにしがみつき、ああ、困ったわと胸中で呟く。

彼の指が肌を滑るだけで鼓動が高鳴り、キスを交わすたびに愛おしくて堪らなくなる。

それは性的な興奮がもたらすものではなく、もっと胸の奥の深いところ――誰にも見せたことのない心の大事な部分が疼《うず》くような感覚。

いよいよリヒターが体重を乗せて身体を繋げてきた時、ヴィオレッタは彼の頬を両手で挟み、泣きそうな声で呟く。

「リヒター様……どうしよう、私……」

「ん、どうした？　痛みを与えたか？」

腰をぴったりと重ねた体勢でリヒターが動きを止め、肩を上下に揺らしながら心配そうに柳眉を寄せた。

紅潮した頬を気遣うように撫でられ、ヴィオレッタは緩く首を横に振る。

「違う、のです……胸が……」

「何？」

「……あなたに、触れられるたび……胸が、ドキドキして……苦しいのです」

両手を胸に当てて訴えたら、リヒターが紅の眼を瞬かせて首を傾げた。彼女の言葉を脳内でじっくりと咀嚼《そしゃく》し、意味を理解しようと努めているらしい。

「夫婦になった初めての夜に、あなたのお声を聞いて……胸が高鳴った時と、同じ感覚です」

「っ……」

「リヒター様のお姿が、見えるようになってから……ずっと、そうなのです……こうして触れられるたびに、胸が苦しくなって……私は、きっと……あなたに二度も、心を……」

奪われた――と。

全てを告白する直前で、リヒターの唇が語尾を攫った。

ぐっと体重が乗ってきて、ずしりと重量感を増した雄芯で腹の奥を突き上げられる。

「ん、んーっ……」

「はっ……まったく、君は……っ」

リヒターが耳の横で忌々しげに零し、強靭な両腕でヴィオレッタをがっちりと抱きしめて揺さぶり出した。

ヴィオレッタも彼の情熱を受け止めて、淫らで甘いキスに酔い痴《し》れる。

彼女の世界から光が失われていた時、この目でどうしても見てみたいと願ったのはリヒターの姿だった。

そして、土砂崩れが起きて彼が行方不明になった夜、雨がやんで夜明けと共に戻ってきたリヒターを見た瞬間、ヴィオレッタは心を奪われた。

土砂に巻きこまれても自力で戻ってくる不屈の精神に驚嘆し、美しい緋色の瞳に射貫かれて、たぶん彼女は二度目の恋をしたのだろう。

「リヒター様、っ……私は、あなたが、大好きです」

切なる想いを乗せて愛を告げると、リヒターは呻き声を漏らしながら動きを緩やかにし、コツンと額をくっつけてきた。

「言われなくても、分かってる」

「私……あなたに……二度も、恋をしました……」

「恋……？」

「はい……あなたに、会えて……私は幸せです……あの日……私を、見つけてくださって……ありがとう、ございます」

あの日――リヒターがヴィオレッタを見初めてくれた、夜会の日。

光を失い、居場所もなく、ただその場で息をしているだけだったヴィオレッタに手を差し伸べてくれたのはリヒターだ。

リヒターに見つけてもらえてよかった。

彼に出会えなかったら、こんなふうに幸せな時間を過ごすこともできなかったはずだ。

ヴィオレッタが夫にしがみついて、くすんと鼻を鳴らしたら、リヒターがトントンと背中を撫でてくれた。

「私のほうこそ、君に礼を言いたい」

「……リヒター様が、私に？」

「ああ、しかし……その前に、続きをしてもいいいか」

リヒターが苦笑交じりに言って、ヴィオレッタにちゅっと口づけた。

「こんな状況で、話すことではないから」

腰をゆるりと動かされ、ずんっと奥を突かれたので、ヴィオレッタはか細い声を上げる。

「あ、んっ……はい……すみません……」

「終わったら、ゆっくり話そう」

耳に吹きこまれた言葉にこくんと頷き、官能的な揺さぶりに身を委ねた。

ヴィオレッタはリヒターと抱き合うことが好きだが、彼と寄り添って眠くなるまで話をするのも好きだった。

肌を重ねて愛を確かめたあと、今宵もまた、リヒターと共に寝物語することになるだろう。

ヴィオレッタにとって、それもまた幸せなひとときなのだ。

書き下ろし番外編
妻が可愛すぎて頭を悩ませる話

リヒター・ヘーゲンブルグは、ヴィオレッタに出会うまで女性を心の底から〝愛おしい〟と思った経験がない。

若かりし頃、清純を装った女に騙されて求婚したことはあれども、その時でさえ胸を焦がすような愛情を感じたことはなかった。

しかし、妻を娶ってから、リヒターは事あるごとに胸の高鳴りを覚えるようになった。

元軍人で己を律するのに長けているリヒターにとって、妻に対する胸のときめきは〝由々しき異変〟だった。ゆえに最初のうちは戸惑ったものだが、彼女に一目惚れをしたのだと友人から指摘されたことで納得し、一時は落ち着いた。

けれどもヴィオレッタが光を取り戻し、互いの想いを確かめ合ってからは、その〝異変〟はより顕著なものとなって――とうとうリヒターは友人に相談するまでに至ったのである。


「はじめに言っておく。お前にアドバイスは期待していない」

リヒターは気難しげに腕組みをしながら、軍に従事していた頃からの友人、クラウス・ライヒシュタットに向かって告げた。

紅茶を飲もうとしていたクラウスがカップを持ち上げた体勢で、ぴたりと止まる。

「は？　いったい、何の話だ？」

「私の相談事についてだ」

「え……いや、待ってくれ。まだ、俺は相談事の内容も聞いていないんだが。しかも、お前が俺に相談事だと？　まさか、空から槍でも降ってくるのか」

クラウスが面食らったようにカップを置き、がしがしと頭をかいた。

しばらく田舎で休暇を過ごしたいと言い出し、妻のリリアンを連れてヘーゲンブルグ領まで遊びに来たクラウスに、リヒターは侯爵家が所有する別荘を貸していた。

夫婦水入らずで過ごしている友人を呼び出すのは気が引けたが、ヴィオレッタと姪のエリザベータもリリアンと話したがっていたので、本日は昼の茶会に招いたのである。

「とりあえず、その相談事とやらを聞かせてくれよ」

「ヴィオレッタのことだ」

「なんだ、ヴィオレッタに何かあったのか？　見る限りでは、元気そうだが」

クラウスが窓に目をやったので、リヒターも釣られたように顔をそちらに向けた。

窓の向こうには庭園が広がっていて、ヴィオレッタとリリアン、そしてエリザベータがお喋りをしながら楽しそうに散歩している。

エリザベータの甲高い声は窓ガラス越しにもよく通るが、今日はヴィオレッタとリリアンの笑い声も聞こえてきた。

以前は女性の笑い声が苦手だったリヒターだが、ヴィオレッタと結婚してからは、妻がころころと笑う声が心地よいと思うようになった。妻帯して生じた変化の一つである。

「彼女は元気だ。視力が戻ってから、特に問題なく過ごせている」

「だったら、お前の相談とやらは、何なんだ」

「クラウス。お前は妻と一緒にいる時、何か異変を感じたことはないか？」

「異変？　具体的には？」

「心拍数が増える」

「――――は？」

クラウスが間抜けな声を上げた。

リヒターは呆ける友人を顰め面で睨みつける。しばし無言の間が続き、その直後、質問の意図を察したクラウスが小さく噴き出す。

「リヒター！　それは、本気で訊いているのか？」

「本気だ」

「つまり、お前はヴィオレッタと一緒にいる時、胸がドキドキするのか？」

「その表現はやめろ。ただ〝心拍数〟が増えるだけだ」

「へぇ～……お前が、そんなことを言う日が来るとはな」

クラウスが顎に手を添えて、何やら感心したようにじろじろと見てくる。

リヒターは眉間の皺を深くすると、長い足を組みながら視線を窓に戻した。

庭先でエリザベータに手を引かれるヴィオレッタが見えた。長い黒檀の髪を靡《なび》かせ、くすくすと笑う姿に見惚れていたら、クラウスが咳払いをする。

「あーあー。ヴィオレッタに見惚れていないで、こっちに意識を戻してくれるか。リヒター」

「別に見惚れていない」

「妻に見惚れるのは、おかしいことじゃないさ。一緒にいて心拍数が上がるのだって、想い合う夫婦なら普通のことだよ。大体、お前はヴィオレッタに一目惚れしたんだろう。心拍数がどうのこうのって、今更悩むことじゃないと思うが」

「最近、やたらと顕著だ。以前は、これほどじゃなかった」

「何か、きっかけがあったとか?」

「きっかけ……」

リヒターは目を閉じて記憶を探る。

そういえば――ヴィオレッタの視力が戻って少し経った頃、夜を共に過ごしていたら、彼女に愛の告白をされたのだ。

たぶん、その頃からだろうか。

――私……あなたに……二度も、恋をしました……。

頬を真っ赤に染めながら健気に告白した妻を見て、リヒターは軽い衝撃を受けた。

ベッドの中で睦み合いながら〝あなたに二度も恋をした〟と、恥ずかしそうに告げられてみろ。

あまりに可愛すぎて理性が根こそぎ吹っ飛びそうになっても、おかしくないだろう。

どうにかギリギリのところで踏みとどまったものの、そのあとは大いに盛り上がり、最高の夜を過ごすことができたが――。

リヒターがかぶりを振って夜の記憶を追い払ったら、クラウスがにやりと笑った。

「リヒター。その顔だと、思い当たる節があったみたいだな」

「まぁな」

「で、俺はどうしたらいいんだ。アドバイスを期待しているわけじゃないんだろう」

「そうだ。お前のアドバイスは要らない。ただ、私の話を聞け」

「分かったよ、どうぞ」

「――ヴィオレッタに対して感じるものは、エリザに対するそれとも、また違う感情だ。こんな気持ちになるのは初めてで、正直なところ、戸惑っている」

クラウスがにやにやと笑いながら紅茶を飲み始める。

聞いているだけでも楽しくて堪らない、といった様子の友人の肩をどついてやりたい気分になりつつも、リヒターはぶっきらぼうに続けた。

「以前から抱いていた感情が、より強まったというか……私自身、こういった経験がないからうまく言葉にできない。ずっと、彼女の姿を見ていたいと感じて……他にも色々と……」

「分かった。つまり、ヴィオレッタが可愛くて仕方ないんだな」

リヒターは言葉を選んでいたというのに、クラウスがあっさりと話を総括した。

一旦、口を噤んだリヒターは深いため息をついて、潔く認める。

「ああ、そうだ。どうやら私は、彼女が可愛くて仕方ないらしい」

「お前らしくないな、リヒター」

「まったくだ。らしくないだろう」

「だが、なんだかすごく安心したよ」

「安心？」

「お前が、普通の男で」

「どういう意味だ」

「妻も娶らずに領地に引きこもって、男手一つで姪を育てているお前を見て、俺なりに心配していたってことだ。だがまぁ――」

惚気《のろけ》を言えるほど妻と仲がいいのなら、これ以上は心配しなくて済む。

クラウスがそう言って、空になったカップをソーサーに置いた。

「俺は人の惚気を聞くのは好きじゃないんだが、お前の惚気ならいくらでも聞いてやるよ。そのために、今日は俺を呼んだんだろ」

クラウスにウインクされて、リヒターは顰め面をしながら吐息をつく。

自分よりも結婚歴が長い友人に話を聞いてほしかっただけだが――今のところヴィオレッタとの

夫婦仲は円満だし、悋気を聞いてほしかったと言い換えることもできるか。

リヒターは窓の外から聞こえる妻の笑い声に耳を澄ませて、口を開いた。

「ならば、存分に聞いてもらうとするか」

「任せてくれ。リヒターの悋気なんて、滅多に聞けないからな」

「こうして話してみて、私も一つ気づいたことがある」

「ん？　何をだ？」

「もしかしたら……私もまた、恋をしたのかもしれない。二度も、彼女に」

らしくない本音をもう一つ口にしたら、クラウスが意表を衝かれたように固まる。

友人の間抜けな表情を横目で一瞥し、リヒターは紅茶のカップを手に取った。

「えっ？　恋をした、って言ったのか？」

「さてな。聞き間違いだろう」

「俺は絶対に、この耳で聞いたぞ。お前が、恋って……」

クラウスが絶句する。まさかリヒターの口から、そんな言葉を聞くとは思わなかったのだろう。

ぬるくなった紅茶を口に含んだリヒターは、あの夜の愛らしい妻の告白を反芻して口の端をわずかに緩めた。

恋をしたと告げられた、あの瞬間、リヒターもまた心臓を鷲掴みにされたような心地になった。

二度目の恋、か――。

これもまた、自分らしくないロマンチックな響きではないか。

「リヒター。もう一度、さっきと同じことを言ってくれ。お前があの台詞を言ったっていうのが、俺はどうしても信じられないんだ」

「うるさいぞ、クラウス。二度は言わない」

リヒターは食い下がる友人をあしらい、残りの紅茶を飲み干した。


夕暮れになると、クラウスとリリアンは別荘へ帰っていった。

夕食の支度ができるまで、リヒターはヴィオレッタとエリザベータと共に、リビングのカウチで寛いでいた。

「あのね、リヒター伯父様。リリアンがね、今度、王都のお屋敷へ遊びにおいでって言ってくれたのよ。だから、また連れていってほしいの」

「そのうちな。しばらくは、クラウスとリリアンも別荘に滞在するだろう」

「じゃあ、わたしとヴィオレッタで、別荘まで遊びにいってもいい？」

「クラウスの許可を取ってからな」

「うん！　遊びにいくのが楽しみだね、ヴィオレッタ」

「ええ、そうね」

リヒターとヴィオレッタの間に座って、エリザベータはしばらく上機嫌でお喋りをしていたが、ほどなく、こくりこくりと船を漕ぎ出した。遊び疲れて眠気に襲われたのだろう。

終いにはヴィオレッタの膝を枕にして、すやすやと寝息を立て始める。

「エリザったら、眠ってしまいましたね」

「あれだけ喋れば疲れるだろう」

「お客様が来たのが、嬉しかったんでしょう。リリアンにも懐いていましたし」

ヴィオレッタが声をひそめて呟き、まるで娘の寝顔を見守る母のように、エリザベータの髪を優しく撫でている。

「クラウス様とは、ゆっくりお話しできましたか？」

「ああ」

「窓越しに見えたのですが、なんだか盛り上がっていましたね。どんなお話をしたんですか？」

小首を傾げたヴィオレッタが見上げてきた。

なんと答えるべきかと考えながら、リヒターは彼女の肩を抱き寄せる。

「互いの、妻の話をしていた」

「ということは……私の話もしたのでしょうか」

「したな。君の話がメインだった」

「何を話されたのです？」

「知りたいか？」

「はい、知りたいです」

期待と好奇心が入り交じった、サファイアブルーの瞳で見つめられた。

リヒターは口角を緩め、ヴィオレッタの額に口づける。

「内容は秘密だ」

「もしかして、私に言えないようなことを話していらっしゃったの？」

「まぁな」

「悪口ではありませんよね」

怪訝そうなヴィオレッタの耳に口を寄せて、リヒターはことさら低い声で吹きこむ。

「安心しろ、惚気だ」

途端に、ヴィオレッタが唇を引き結んだ。白い頬が火照っていく様を観察し、リヒターは喉の奥を鳴らして笑った。

「の、惚気だなんて……珍しいのですね、リヒター様」

「たまにはな。私も新婚だから」

素直に想いを告げてきて、リヒターの心をかき乱すのが上手なヴィオレッタだが、その実、かなりの照れ屋でもある。

ヴィオレッタが赤らんだ顔を恥ずかしそうに伏せた。案の定、照れているらしい。

リヒターは目を細めながら妻を見下ろす。彼女の目線は下に向けられているが、長い睫毛がくるんと上を向いている。

いつ見ても長い睫毛だなと考えていたら、ヴィオレッタがチラッと見上げてきた。

視線が合った瞬間、リヒターは顔を傾けて彼女の唇を奪う。ちゅっと、リップ音が鳴った。

「っ……」

「君は隙だらけだ」

「いきなりキスをされるとは思いませんもの」

ヴィオレッタは文句を零したが、リヒターが誘うように顎を擽ったら、ゆっくりと目を閉じた。

彼女の薄く開いた唇に誘われるようにして、もう一度、キスをする。

触れ合うだけの口づけをしながら、何度も角度を変えていたら、ヴィオレッタの手が首に巻きついてきた。

「はぁ……リヒター様……」

「ん……」

ぴったりと押しつけていた唇を離し、鼻の頭をくっつけてキスの余韻に浸る。

リヒターは指の腹でヴィオレッタの頬を撫でると、声色を甘くして誘った。

「夕食まで、まだ時間がある。部屋へ行くか、ヴィオレッタ」

「……夕食を、食べられなくなってしまいそうです」

「その時は部屋まで運ばせよう」

耳を甘噛みしながら、吐息交じりに囁いて誘惑したら、ヴィオレッタが照れたように右手で顔を隠す。指の隙間から見える頬は真っ赤になっていた。

リヒターは機嫌を良くして、とどめの誘惑を放とうとしたが、ふと視線を感じて下を見た。

そこには目を覚ましたエリザベータがいて、両手を口に添えながらやり取りを凝視していた。

ヴィオレッタも、エリザベータが起きていると気づいたらしい。

「っ、エリザ！　ごめんなさい、起こしてしまったわね」

「ううん。わたしのことは、気にしないで」

エリザベータは興味と興奮で目をキラキラさせながら、にっこりと笑った。

「伯父様とヴィオレッタは、これからお部屋に行くんでしょう。わたしも、お部屋にもどるわね」

幼いながらに気の利く姪はそう言って、カウチからぴょこんと飛び降りる。

「あ、だけど、夕食をとる時は食堂にきてね。わたし、一人で食べるのさびしいから」

エリザベータは軽やかな足取りで、あっという間にリビングを出て行った。

「その……部屋へ行くのは、夕食をとってからにしましょうか」

エリザベータに目撃されて気まずいのか、ヴィオレッタが赤面を伏せて小声で言う。

リヒターも「そうだな」と首肯したが、彼女を離そうとはせずに、肩を抱き寄せていた腕を腰のほうへ移動させた。

「夕食まで、こうして話をして待とう」

ヴィオレッタが力を抜いて、凭れかかってくる。指を絡めて手を繋ぎ、二人で寄り添って夕食までの短い時間、ぽつぽつと他愛ない話をして過ごす。

「リヒター様」

「何だ」

「こうして、あなたと寄り添っているだけでも、なんだか幸せです」

……私もだ、ヴィオレッタ。

日常の何気ないひとときなのに、最愛の女性が側にいるだけで、これほどに満たされるのだと君に出会って知った。

リヒターは心の中で応えると、ヴィオレッタの頬に口づけて指を絡めた手をぎゅっと握る。

ヴィオレッタ。どうやら私も君に、二度も恋をしたらしい。

今宵あたり、そう彼女に告げてみようか。

たまには、らしくないことを口にしてもいいだろう。

何しろ、相手は愛する女性なのだから。

頭の中でそんな算段を練りながら、リヒターは愛しい妻の額にまた一つ、キスを落とした。

――この一ヶ月後、妻のお腹に愛らしい命が宿ったことが判明し、リヒターは新たな幸福を得ることとなる。

書き下ろし番外編
家族が増えた夜の話

夜更けにも拘わらず、ヘーゲンブルグ侯爵家の屋敷は慌ただしかった。

ヴィオレッタが産気づき、かかりつけの医師が呼ばれてお産が始まっているのだ。

真新しい布を抱えたメイドが廊下を行き交い、ヴィオレッタお付きの侍女ターニャが温かい湯を沸かすようにと指示を出していた。

一階のリビングで伯父のリヒターと共に待機していたエリザベータは、大きな欠伸をする。眠たげに目をこすった。

今夜、いよいよ待望の赤ちゃんが産まれるらしい。

しかし、すでにお産が始まってから二時間ほど経過していた。一向に、赤ちゃんが産まれたという知らせは届かない。

「ねぇ、リヒター伯父様……お産って、すごく時間がかかるのね」

エリザベータは二人掛けのカウチに寝そべり、ふかふかのクッションを抱えながら伯父に話しかけた。

向かいのカウチに座っているリヒターは腕組みをしていて、ずっと気難しげな表情で目を閉じている。カウチでごろごろしたり、絨毯に座って本を読んだりと落ち着きのないエリザベータとは正反対だった。

「ヴィオレッタ、大丈夫かな」

「医師が側にいる。大丈夫だ」

「わたし、ヴィオレッタの様子を見にいってこようかな」

「やめなさい」

「ほんのちょっとだけ」

「だめだ。お前が行っても、邪魔になるだけだろう」

呆れた口調で窘められ、エリザベータは拗ねたように頬を膨らませる。

本当はヴィオレッタに付き添って、赤ちゃんが産まれる瞬間を見てみたかったのだ。それなのに寝室から追い出されてしまった。

最後にヴィオレッタを見た時、彼女は額に脂汗を滲ませながら「大丈夫よ、頑張るわね」と気丈にも笑いかけてくれた。

でも、それから数時間——今も赤ちゃんは産まれない。

エリザベータは焦れたようにクッションに顔を押しつけて、伯父のほうをチラリと見た。

長い足を組んで微動だにしないリヒターは、ヴィオレッタが心配ではないのだろうか。

「リヒター伯父様ったら、さっきからぴくりとも動かないわ。まるで置物みたい」

「…………」

「伯父様は、ヴィオレッタが心配じゃないの？」

「心配だ。だが、きっと元気な子を産んでくれると信じている」

「そっか……うん、ヴィオレッタなら、きっと大丈夫だよね。ねぇ、伯父様は男の子と女の子、どっちがいい？」

「無事に産まれてくれるなら、どちらでもいい」

「わたしも、どっちでもいいなぁ。弟でも、妹でも、すっごく可愛がるつもりだもの」

エリザベータの言葉を聞き、目を開けたリヒターが厳めしい表情を緩めた。

「エリザ。ちょっとこちらへ来なさい」

「？」

伯父に呼ばれて、エリザベータはカウチからぴょんと飛び降りる。リヒターのもとへ近づいて膝に座ったら、緋色の鋭い双眸に射貫かれた。

「今のうちに言っておく。私はお前のことを自分の娘も同然に思っている。それは、赤ん坊が産まれたとしても変わることはない」

リヒターの大きな手のひらが、エリザベータの頭を撫でていく。

「お前のことも、新たに産まれる赤ん坊のことも、分け隔てなく育てていくつもりでいる。それをしっかりと覚えておくように」

「うん、わかったわ。伯父様」

両親を亡くしたエリザベータに、伯父は不器用ながらに愛情を注いでくれた。それを子供心によく理解していたから、エリザベータはリヒターの首にぎゅっと抱きつく。

戦で没した父のことを、幼かった彼女はよく覚えていない。

お父様が生きていたら、こんなふうに、わたしを抱きしめてくれたのかな。

リヒターに背中を撫でられながら、そんなことを考えていた時、慌ただしい足音が近づいてきてリビングの扉が開いた。執事のトーマスが駆けこんでくる。

「旦那様！　無事にお産まれになりました！」

それを聞いた瞬間、リヒターがエリザベータを抱えたまますっくと立ち上がった。

それまでの落ち着きようはどこへやら、リヒターはリビングを出る際、珍しくドアの隅に靴の爪先をぶつけた。そのせいで転びそうになり、エリザベータは「わっ」と驚きの声を上げて、すぐに体勢を整えた伯父を見上げる。

いつも仏頂面をしているリヒターの横顔は、喜びで綻んでいた。

リヒターがエリザベータを連れて二階へ駆け上がり、にこやかなメイドたちに見守られて寝室に飛びこむ。

大きな天蓋付きのベッドの上で、侍女のターニャに付き添われながらヴィオレッタが横たわっていた。その腕には真っ白な布に包まれた赤ちゃんが眠っている。

ベッドの横で後片づけをしていた医師が、リヒターに向かって頭を下げた。

「元気な男の子でございます。おめでとうございます、侯爵閣下」

「よくやった、ヴィオレッタ」

リヒターが声をかけながらベッドに駆け寄る。エリザベータも伯父の腕の中から、お産を終えたばかりのヴィオレッタと赤ちゃんを見下ろした。

この世に生を受けたばかりの小さな宝物は、すやすやと寝息を立てていた。布の隙間から覗く幼い手はふっくらとしていて、ほっぺが赤い。髪は薄いけれど、父親似の銀髪だった。

「よく頑張ったな」

「ええ、リヒター様。どうか、抱いてあげてください」

リヒターがエリザベータを床に降ろし、赤ちゃんを受け取る。

エリザベータを幼い頃から育ててくれたリヒターは、慣れた手つきで赤ちゃんを抱いた。

その姿は父親らしく、どこか誇らしげでもある。

「わたしも抱っこしたい」

「あとでね。エリザはこっちへいらっしゃい」

ヴィオレッタに抱き寄せられ、エリザベータもにっこりと微笑んで抱き返した。

「おめでとう、ヴィオレッタ」

「ありがとう、エリザ。あなたの弟よ。たくさん可愛がってあげてね」

「うん！　任せて。……ねぇ、この子の名前は？」

「ルーフェンスだ」

ベッドに腰かけたリヒターが柔らかい声で応える。どうやら前もって考えておいたらしい。

「ルーフェンス……じゃあ、ルーフね」

リヒターに抱かれて眠る弟の顔を覗きこみ、エリザベータは満面の笑みを浮かべた。

「よろしくね、ルーフ。わたしの、可愛い弟」

ルーフェンスの弾力ある頬をツンツンと突いていたら、リヒターが息子をヴィオレッタに渡し、大きな腕の中へ三人まとめて抱き寄せる。

「ああ、とても素晴らしい日だ。家族が一人、増えた」

リヒターの感慨深い台詞に、エリザベータも深々と頷いて伯父に抱きつく。

ヴィオレッタも、とても幸せそうにリヒターに寄り添っている。

執事のトーマスに、侍女のターニャ。出産に立ち会ってくれた医師やメイドたちも、微笑んで一家を見守ってくれている。

不意に、エリザベータは泣きたくなって顔をくしゃくしゃにする。

両親を亡くしてから伯父のもとで育った彼女にとって、たとえ血の繋がりがなくても家族は尊いものだった。

厳しくとも愛情深い伯父、優しくて大好きなヴィオレッタ、まだ幼くて可愛い弟。

大切な、わたしの家族。

わたしは、みんなが大好きよ。

「……だいすき」

大粒の涙がぽろりと溢れてきたせいで、言葉になったのはそれだけだった。

けれど、それで十分に伝わったらしい。

リヒターが泣きじゃくるエリザベータの頭を撫でて、ヴィオレッタは頰にキスをしてくれた。

今日から新たな家族が増え、また一層、ヘーゲンブルグ侯爵家は賑やかになることだろう。

エリザベータは伯父とヴィオレッタの頰にキスを返し、最後にルーフェンスのすべらかな頰にも親愛のキスをした。

天使のような美しい赤ちゃんに、どうか祝福がありますようにと、たくさんの祈りを籠めて。

あとがき

こんにちは、蒼磨奏《あおまそう》と申します。このたびは「伯爵令嬢は英雄侯爵に娶られる　～溺愛される闇の檻の乙女～」を、お手にとってくださり本当にありがとうございます。

ロイヤルキスＤＸの創刊、第二弾としてラインナップに入れてもらい、電子書籍で配信されたものを、こんなふうに紙書籍にしていただく機会をいただきました。とても光栄で嬉しく思っております。

後日談の書き下ろしも三十ページほど書かせてもらいました。

ヴィオレッタ、リヒター、姪のエリザベータの視点で、短編を三つ。それぞれ時系列順になっています。

完結している作品なので、書き下ろしはどんな内容にしようかと迷いましたが、ヴィオレッタが夫に二度目の恋をするというテーマに落ち着きました。

リヒターも本文中ではツンツンしていますが、妻が可愛くて仕方なくなり、友人のクラウスに相談するという、愛妻家らしい変化を楽しんでいただければと。

最後のエリザベータ視点の話は、家族をテーマにしています。

エリザベータを含めた三人ともが、それぞれ苦痛や喪失の悲しみを味わったキャラクターなので、最後は幸せいっぱいで終わらせることができたかなと思います。

ぜひ本編と合わせてお楽しみください。

この作品は担当さんに執筆のお声かけをいただき、ロイヤルキスさんで初めて書かせてもらった作品なので、私にとっても思い入れが強い一作です。

初めてのレーベルさんだったので、どんな物語を書いたらいいだろうかと悩んで、プロットを立てる時に、とにかく好きな設定を詰めこんだ記憶が残っています。

ヒロインの目が見えないという設定ですし、大丈夫かな～と心配ではあったのですが、たくさんの方に読んでいただけたようで本当に嬉しいです。

全て読者の皆様のお蔭です。ありがとうございます。

そして、イラストを担当してくれた小《こう》路《じ》龍《たつ》流《る》先生。イメージぴったりの、格好いいリヒターと可愛らしいヴィオレッタを描いてくださって、ありがとうございました！

担当さんにも大変お世話になっておりまして、良いご縁に恵まれたなと心から感謝しています。ずっと応援してくれている家族や友人たちにも、感謝の言葉を。

それでは、また、どこかでお会いできることを祈って。

蒼磨　奏

ロイヤルキス DX をお買い上げいただきありがとうございます。
先生方へのファンレター、ご感想は
ロイヤルキス文庫編集部へお送りください。

〒102-0073　東京都千代田区九段北3-2-5 5F
株式会社Jパブリッシング　ロイヤルキス文庫編集部
「蒼磨　奏先生」係　／　「小路龍流先生」係

Royal Kiss Label
DX

伯爵令嬢は英雄侯爵に娶られる
〜溺愛される闇の檻の乙女〜

2021年11月30日　初版発行

著　者　蒼磨　奏

発行人　神永泰宏

発行所　株式会社Jパブリッシング
〒102-0073東京都千代田区九段北3-2-5 5F
TEL 03-3288-7907
FAX 03-3288-7880

印刷所　中央精版印刷株式会社

ISBN978-4-86669-446-7　Printed in JAPAN